TOMADA POR SUS COMPAÑEROS

PROGRAMA DE NOVIAS INTERESTELARES®:
LIBRO 6

GRACE GOODWIN

BOLETÍN DE NOTICIAS EN ESPAÑOL

FORMA PARTE DE MI LISTA DE ENVÍO PARA SER DE LOS PRIMEROS EN SABER SOBRE NUEVAS ENTREGAS, LIBROS GRATUITOS, PRECIOS ESPECIALES, Y OTROS REGALOS DE NUESTROS AUTORES.

http://ksapublishers.com/s/c5

Copyright © 2016 por Grace Goodwin

Todos los derechos reservados. Ninguna parte de este libro puede ser reproducida o transmitida de ninguna forma ni por ningún medio, ya sea eléctrico, digital o mecánico, incluidas, entre otras, fotocopias, grabaciones, escaneos o cualquier tipo de sistema de almacenamiento y de recuperación de datos sin el permiso expreso y por escrito del autor.

Publicado por Grace Goodwin con KSA Publishing Consultants, Inc.

Goodwin, Grace

Tomada por sus compañeros

Diseño de portada por KSA Publishers 2020
Imágenes de Deposit Photos: amoklv, sdecoret

Este libro está destinado *únicamente a adultos*. Azotes y cualquier otra actividad sexual que haya sido representada en este libro son fantasías dirigidas hacia adultos solamente.

1

Jessica Smith, Centro de procesamiento de novias interestelares, planeta Tierra

El olor misterioso y almizcleño de la piel de mi amante conquistó mis sentidos mientras apoyaba mi rostro contra la curva de su cuello. Tenía los ojos vendados, pero le conocía bien. No necesitaba de mis ojos para saber que era mío. Conocía sus caricias. Conocía el roce de su cabello contra mis dedos y la sensación de su enorme miembro dilatándome mientras me follaba dura y rápidamente. Conocía la fuerza que tenía en sus brazos en el momento en el que me alzó, tomándome por las caderas y posicionando mi húmeda cueva encima de él; sabía que llegaría hasta lo más profundo de mí y que gritaría su nombre cuando finalmente me permitiera llegar a mi clímax.

Envolví mis piernas alrededor de sus caderas, y eché hacia atrás mi cabeza mientras me llenaba por completo. Allí de pie, alto y fuerte, se veía como un verdadero guerrero; justo como sabía que lo era.

Me elevó hacia arriba, y luego me soltó para que pudiese ser penetrada por su duro mástil. Otro par de manos, el delicado roce de mi segundo compañero, acariciaban el collar que estaba en mi cuello. Conocía la sensación de sus manos en mí; sabía que podía ser delicado y amable un instante, y al siguiente inquebrantable y exigente.

Sabía que los había complacido al dejarlos ver mi sexo abierto de par en par; mi trasero desnudo también estaba a la vista. Su deseo cobró vida dentro de mi mente por medio del vínculo psíquico que nos daba el collar. Pero lo que realmente me enloquecía era aquel calor húmedo que comenzaba a sentir en mi coño mientras mi compañero principal exploraba mis profundidades. Lo estrujé con mis músculos internos, y su necesidad se hizo aparente con la urgencia de sus embestidas salvajes.

Podía percibir sus emociones y sus deseos físicos; la conexión creada por los collares que usábamos era profunda y completamente abierta. No se decían mentiras, ni se negaba la lujuria, las necesidades, ni los deseos. Solo existía la verdad, y el amor, y el placer. Mucho placer.

—¿Aceptas pertenecerme, compañera? ¿Te entregas a mí y a mi segundo voluntariamente, o deseas elegir a otro compañero principal?

Aquella voz grave exigió una respuesta, causando que un escalofrío recorriera mi piel y que mi sexo se cerrara alrededor de su miembro con una fuerza inmensa. Gruñó con deseo, y me mordí el labio para contener una sonrisa de satisfacción. Mi compañero principal tenía el derecho a poseer mi coño hasta que estuviese embarazada con su hijo, ¿pero mi segundo? Había esperado, procurando pacientemente que mi cuerpo estuviese listo para ser ocupado por mis dos compañeros al mismo tiempo.

Incapaz de esperar por una respuesta, mi segundo compañero besó la parte trasera de mi hombro, acariciando mi trasero con una mano; estaba peligrosamente cerca del oscuro lugar que reclamaría. Su otra mano estaba enroscada alrededor de mi cuello tan delicadamente que me hacía sentir indefensa, débil y totalmente a su merced.

—¿Quieres que los dos te follemos, amor? ¿O no?

Mi sexo se contrajo de nuevo y mi compañero principal maldijo, atravesándome con su polla con aquella intensidad decidida que había llegado a anhelar.

—Sí. Acepto perteneceros completamente, guerreros.

Las palabras formales se escaparon de mis labios con un suspiro, y ladeé mis caderas para rozar mi clítoris con el cuerpo de mi compañero principal, al tiempo que le ofrecía mi culo a mi segundo.

—Os quiero a los dos. Os quiero ya.

Aquellas palabras estallaron en mi garganta, pero no eran mías. No tenía control sobre la mujer cuyas sensaciones compartía, solo podía observar, y oír... *y sentir*.

Mi compañero principal se detuvo, y yo gimoteé al ver que me negaba las feroces embestidas de su polla en mi anhelante coño.

—Entonces te reclamamos, y tú obtienes un nuevo nombre. Nos perteneces, y acabaremos con cualquier otro guerrero que se atreva a tocarte.

No me importaba a quién necesitara matar, solo quería que me hiciera suya por siempre.

Mi segundo compañero siguió besándome hasta recorrer mi columna vertebral, sus siguientes palabras no eran necesarias para el ritual, pero eran para mí. Solo para mí.

—Eres mía, compañera. Mataré a cualquier otro guerrero que se atreva a *mirarte*.

Con aquellas palabras, introdujo lentamente un dedo aceitado dentro de mi entrada trasera, y yo grité. Nuestra primera vez sería rápida, pues nuestra pasión ardía con demasiada intensidad como para atrasarla por más tiempo.

Quería que me follaran, que me rebosaran con su semen. Y entonces, quería estar con mis compañeros en nuestro cuartel, desnudos y completamente a solas. Quería tomarme mi tiempo con ellos. Quería acariciar sus cuerpos; follar, saborear y explorar hasta que nuestros aromas se entremezclaran, hasta que mi cuerpo estuviese demasiado dolorido como para disfrutar más juegos.

Aquel pensamiento me devolvió a la realidad por un breve momento, y me di cuenta de que los tres amantes no estaban solos en la sala. Voces masculinas saturaban los bordillos de mi imaginación con débiles cánticos. Había estado tan concentrada en mis compañeros que los había ignorado por completo. Hasta ahora, cuando sus voces conjuntas se hicieron más audibles hasta llenar la sala, puesto que hablaban en unísono.

—Que los dioses sean testigos y os protejan.

Cuando mi segundo compañero sacó su dedo de mi entrada trasera y dio un leve empujón contra mi abertura virgen con la acampanada punta de su miembro, olvidé por completo al resto de la gente. Cuando tomó impulso y comenzó a dilatarme más... más... y más, aún con dos pollas llenándome, supe que realmente había sido reclamada.

—Señorita Smith.

No, esa no era la voz de ninguno de mis compañeros. Mi mente la apartó lejos.

—Señorita Smith.

La voz apareció de nuevo. Era la voz de una mujer, y además, una voz severa.

—¡Jessica Smith!

Entonces me sobresalté, mi mente se alejó de los dos hombres que me rodeaban hasta que... no hubo ningún hombre. Estaba en la sala de procesamiento. No había una polla dentro de mi culo o mi coño. No había dos cuerpos firmes rodeándome. No podía sentir su calidez ni oler sus intensos aromas. El peso de su collar no estaba en mi cuello.

Abrí mis ojos y pestañeé. Primero una vez, luego dos veces. Oh, sí. La guardiana Egara. La mujer rígida y formal se cernía sobre mí.

—Su procesamiento ha sido completado, y su unión ya está hecha.

Me relamí los labios, y traté de tranquilizar mi acelerado corazón. Todavía podía *sentir* a los hombres, pero se estaban esfumando rápidamente. Quería extender mis manos y cogerlos, aferrarme como si se me fuera la vida en ello. Era la primera vez que me había sentido segura y protegida, apreciada y deseada. Ni siquiera en mis hombres.

Entonces reí secamente, y la guardiana alzó una ceja.

La única vez en la que me había sentido a salvo fue en un sueño. Sí. La realidad era una mierda.

—¿Ya ha terminado? —pregunté.

Mi voz sonaba algo áspera, como si hubiese gritado de placer mientras soñaba. Dios, esperaba no haber hecho eso. Era como roncar ante un nuevo amante, pero peor. Mucho peor.

Debió haberse sentido satisfecha con lo que sea que haya visto en mi rostro, pues asintió una vez y dio una vuelta hacia el otro lado de la mesa para tomar asiento. Mientras ella se sentaba en una simple silla de metal, yo todavía estaba atada en la silla de procesamiento, usando una sencilla bata de hospital con el logo del Programa de Novias Interestelares repetido a lo ancho de la tela gris, como si fuese un patrón. Mirando hacia abajo pude ver mis pezones, duros y erectos, a través de la fina tela. No cabía duda de que la guardiana los había visto también, pero no dijo nada.

—Para que quede constancia, diga su nombre, por favor.

—Jessica Smith.

Me revolví en la silla, notando que la parte de debajo de mi bata estaba mojada.

—Señorita Smith, ¿está o ha estado usted casada?

—No.

—¿Tiene algún hijo biológico?

—Ya sabe la respuesta a estas preguntas.

—Sí, pero es necesario una grabación verbal antes del transporte. Responda la pregunta, por favor.

—No, no tengo hijos.

Dio un toque a su pantalla un par de veces sin mirarme.

—Debo informarle, señorita Smith, que tendrá treinta días para aceptar o rechazar al compañero que le haya sido asignado por medio de nuestros protocolos —me lanzó una mirada—Es la tercera mujer de la Tierra en ser asignada a este planeta. Hm.

Tenía mis dudas sobre el procesamiento y sobre ser asignada a alguien realmente. No había encontrado un hombre en la Tierra que estuviese interesado en mí, así que tener que buscar uno a lo largo de todo el universo era algo deprimente.

¿Pero, entonces, por qué en mi sueño aparecían dos hombres? ¿Qué sucedía conmigo si soñaba eso? Seguramente, mi compañero no estaría muy encantado al saber que tenía sueños pervertidos con otros hombres además de él.

—No podrá regresar a la Tierra si no está satisfecha. Puede solicitar un nuevo compañero principal luego de treinta días... en Prillon Prime. Puede continuar con este proceso hasta que haya encontrado a un compañero aceptable.

—¿Prillon Prime?

No había oído hablar de ese planeta, pero eso no importaba mucho. No había oído hablar de los otros, tampoco, ni de las razas que los habitaban. Había estado demasiado ocupada con mi trabajo, con mi vida en la Tierra para siquiera considerar el espacio. Pero eso había cambiado realmente rápido.

—Me siento como una prisionera. ¿Hay alguna razón por la cual todavía esté atada?

Doblé mis muñecas y cerré mis puños.

—Muchas de nuestras voluntarias, como sabe, son prisioneras.

—Entonces no son voluntarias de verdad —repliqué.

Frunció los labios.

—No discutiré sobre semántica con usted, señorita Smith, pero con su previa experiencia militar debe estar consciente de que a veces se ata a una persona por su propio bien. Durante la prueba, con frecuencia las mujeres se vuelven... inquietas. Debemos garantizar su seguridad.

—¿Y ahora? —pregunté.

Miró mis puños.

—Ahora es para hacer que se quede quieta durante cualquier preparación o modificación corporal que se necesite antes de la transferencia.

—¿Modificación corporal? Guardiana, quíteme estas esposas ahora mismo.

Oí el tono áspero que tenía mi voz y esperaba que supiera que no estaba de coña.

No se inmutó.

—No se preocupe, estará inconsciente cuando se efectúe. Ya ha firmado los documentos y se ha hecho la unión, señorita Smith. Por consecuencia, ya no es una ciudadana de la Tierra, sino una novia guerrera de Prillon Prime; y, como tal, estará sujeta a las leyes y costumbres de su nuevo mundo.

—¿Incluyendo el estar atada?

Ladeó la cabeza.

—Si eso es lo que su compañero desea.

—¡No quiero ser la pareja de un hombre que me ate!

—Jessica, ha sido emparejada con un implacable guerrero de ese mundo. Debería sentirse orgullosa de someterse ante él.

—¿Piensa que, porque sea un soldado, debería arrodillarme ante él? ¿Qué era yo, entonces? Yo luché. Maté.

La guardiana se puso en pie y dio la vuelta alrededor de la mesa.

—Lo sé, pero a veces es extremadamente difícil para mujeres tan fuertes como usted conseguir a un compañero que sea lo suficientemente dominante como para manejar sus... esto... necesidades.

Joder, ¿se estaba sonrojando? La guardiana de labios fruncidos estaba totalmente ruborizada. ¿De qué demonios hablaba?

—Recuerda, Jessica, él también ha sido emparejado contigo. Lo que sea que necesites, él te lo dará. Es su derecho, su deber, y sobre todo su privilegio —sonrió entonces, con una expresión melancólica en sus ojos—. Nada de esconderse. Te resistirás a él, eso puedo verlo, pero te prometo que valdrá la pena pagar el precio.

—¿Cuál precio?

¿A dónde demonios me estaba enviando? No había accedido a ser dominada por ningún hombre. Mi coño palpitó al recordar la fuerza de la mano que se cerraba alrededor de mi garganta en la simulación del procesamiento; pero todavía no había conocido a un hombre que fuese lo suficientemente fuerte para tomarme, para doblegarme a su voluntad. Dudaba que existiera un hombre parecido.

—La sumisión.

A medida que hablaba, presionó un botón cerca de la pata de mi silla, y una abertura de color azul brillante apareció a un lado de la pared. Todavía amarrada firmemente, no pude hacer nada cuando una aguja muy, muy larga apareció; intenté retorcerme, intenté luchar, pero no podía moverme. La aguja estaba unida a un largo brazo metálico que salía de la pared.

—No se resista, Jessica. No saldrá lastimada. Lo único que hará el dispositivo es implantar sus UPN permanentes.

La aguja dolió cuando entró por el lado de mi sien, pero nada más. Otra aguja apareció por el otro lado y repitió el mismo procedimiento con mi otra sien. No se sintió diferente, así que tomé una bocanada de aire. Hicieron que la silla bajara, como las que están en el dentista, pero me colocaron sobre una cálida bañera. Una luz azul me envolvió.

—Jessica Smith, cuando despierte, su cuerpo estará preparado para las costumbres correspondientes de Prillon Prime y para las necesidades de su compañero. Él estará esperándola.

Su voz sonaba rutinaria, como si ya hubiese pronunciado las mismas palabras una y otra vez.

Prillon Prime.

—¿Ahora?

—Sí, ahora mismo.

La última cosa que oí por encima del tranquilo zumbido de los equipos eléctricos y las luces fue la recortada voz de la guardiana Egara.

—Su procesamiento comenzará en tres... dos...

Me puse rígida, esperando que acabara con la cuenta regresiva; pero una luz roja se encendió arriba de donde yo estaba, y ella giró su cabeza hacia un lado, fijando sus ojos en una pantalla que yo no podía ver.

—No. Esto no puede ser correcto.

Su ceño fruncido se transformó en una expresión de asombro, y luego de confusión; todo esto mientras yo esperaba adentro de aquella maldita bañera, desnuda —¿cuándo me habían desnudado, y qué había pasado con mi bata?— y sintiéndome como si casi estuviese completamente embriagada.

—¿Qué está sucediendo?

—No lo sé, Jessica. Esto nunca ha sucedido antes.

Miró hacia abajo, con el ceño fruncido, para ver la tableta en sus manos; sus dedos se deslizaban a lo largo de la pantalla como si estuviese escribiendo un mensaje muy largo y complicado.

—¿Qué pasa?

Ella negó con la cabeza, con los ojos abiertos y confundidos.

—Prillon Prime ha rechazado tu transporte.

¿Qué demonios significaba eso? ¿Rechazar mi transporte? ¿Qué querían que hiciera, que viajara en una nave espacial? ¿Su transporte estaba averiado o sin lo que sea que usaran para impulsarlo?

—No comprendo.

—Yo tampoco. Han cancelado el protocolo por su lado. No aprobarán tu llegada, ni tu derecho a reclamar a tu compañero.My Book

2

essica

Sujeta a la mesa, todo lo que podía hacer era observar a la guardiana Egara escribiendo frenéticamente en su tableta. Luché por soltarme, pero sabía que mis acciones eran inútiles. Cada vez que la tableta sonaba, indicando un mensaje entrante, su ceño se fruncía más; sus dedos se movían con más velocidad, con movimientos cortos y desiguales, como si quisiera golpear a la persona con la que se comunicaba desde el otro lado del vasto espacio exterior.

Había aprendido a tener paciencia por las malas durante mis años en el ejército, primero, y luego como periodista de investigación. Podía acechar a una presa durante días, y nunca cansarme de la persecución. Sabía cuándo esperar y cuándo disparar antes. La violencia no iba a traerme nada bueno en esta situación, especialmente estando atada; aun cuando mi frustración fuese tan grande que tuviese ganas de arrancar las esposas de la silla como si fuese el increíble Hulk.

—Guardiana, por favor, dígame lo que está sucediendo.

Sí, eso sonó como si estuviese en calma. Hurra por mí.

La guardiana se mordió el labio, luciendo repentinamente como la joven mujer de veintitantos años que era. Tenía los hombros caídos, como si hubiese cargado un enorme peso y responsabilidad en ellos. Quizás sí lo había hecho. Su trabajo era asegurarse de que todas las mujeres —independientemente de la razón— estuviesen bien emparejadas y seguras en su destino final, en cualquier lugar del universo que sea. Cuando finalmente alzó su cabeza para mirarme directamente, supe, por la nube negra que se reflejaba en su mirada, que las noticias no eran buenas; por lo menos, no para mí.

Un oscuro sentimiento de temor invadió mi estómago.

—Te han rechazado a ti específicamente, no al transporte de la Tierra —suspiró, y sentí que me acababan de decir que era la niña más fea del primer grado.

Sí, el sentimiento era acertado. Lo había sentido antes, muchas veces, cuando a mí *me* negaban algo. Amigos, amantes, trabajos, familia. Debía haberme acostumbrado a esto, pero no era el caso. Era lo que me hacía sentir estúpida, aferrarme a la esperanza. No me había dado cuenta de lo mucho que quería ser emparejada con alguien, alguien que fuera para mí, hasta que fui rechazada. Como de costumbre.

—En estos momentos están realizando un transporte desde nuestra Unidad de Procesamiento de Novias en Asia, así que sé que el problema no está en el sistema. Por algún motivo, no le permiten ir. El mensaje fue enviado *personalmente* por el Prime.

¿El Prime? ¿Qué demonios era un prime?

—¿Mi compañero, quiere decir?

Sacudió la cabeza distraídamente.

—No. *El* Prime. El líder de su planeta. El gobernante de Prillon Prime.

Su título tenía el mismo nombre del planeta, y fui rechazada por él. Perfecto.

—¿Como su rey?

Demonios. ¿El rey no me permitiría reclamar a mi compañero? Jamás había conocido a este compañero guerrero con el cual había sido emparejada, pero se suponía que me pertenecería, y ahora me lo estaban negando, el pequeño grano de esperanza —sí, había sido esperanza—. Maldición. La *esperanza* que tenía en el pecho se esfumó y murió. Eso dolía.

—Sí. De hecho, es el rey de varios planetas, y el comandante de toda la flota interestelar —murmuró mientras apartaba la mirada, incapaz de sostener mi mirada.

Me estremecí por dentro, sintiendo cómo asomaban las náuseas al oír sus palabras. ¿Había sido rechazada por el rey alienígena de un planeta entero? ¿Tan mala era? Era algo autoritaria, y probablemente también una molestia. Algo intensa para una mujer, ¿pero a qué mujer no le gustaba disparar y luchar contra hombres malvados? Maldición. El *Prime* quería a una señorita refinada y remilgada para una unión en Prillon. Tenía que ser eso. ¿O no?

Con mi cabeza dando vueltas, pregunté la única cosa que podía.

—¿Por qué? ¿Es porque piensan que soy una narcotraficante?

Prefería ser rechazada por ser una presunta narcotraficante que por ser una mujer varonil.

—Señorita Smith, ellos no creen que usted es narcotraficante. *Saben* que es una narcotraficante *convicta*. Pero no, he enviado fuera del planeta a asesinas condenadas. No sé por qué están haciendo esto.

Sacudió su cabeza con tristeza y presionó varios botones en su tableta. Me retiraron del agua, y la lisa sensación me distrajo, haciendo que mirara hacia abajo para descubrir que todos mis vellos habían desaparecido. Mi cabeza dolía terriblemente por los nuevos implantes en mi cráneo, y mi mente zumbaba con un sonido; como si fuese electricidad estática crepitando por un altoparlante.

Mientras me posicionaba en la silla de examinación, la guardiana Egara trajo una toalla gris y rasposa y me envolvió con ella.

—Lo siento mucho, Jessica. Esto nunca ha sucedido antes. Tendré que solicitar una investigación formal a la Coalición Interestelar para averiguar qué es lo que ha pasado.

Estaba desnuda, goteando agua azulada, tenía una toalla áspera cubriendo mi cuerpo y todavía estaba atada a la estúpida mesa. ¿Qué tan miserable podía llegar a ser?

—¿Cuánto tardará eso?

El zumbido en mi cabeza se incrementó.

—Varias semanas, por lo menos.

De repente, sentí como si estuviese diciendo sus tranquilas palabras por medio de un megáfono a un centímetro de mi tímpano e hice una mueca de dolor.

Ladeó su cabeza cuando me estremecí, me dejó sola por un momento y regresó con una inyección que colocó en un lado de mi cuello. Me sobresalté.

La punzada momentánea valió la pena, pues el dolor en mi cabeza se desvaneció en cuestión de segundos.

—Siento mucho esa incomodidad. La mayoría de las novias duermen durante el proceso de integración del estimulador neuronal.

Me observó. Sus ojos eran amables y redondos, mucho más afectuosos que nunca. Parpadeé al notar el cambio y luego noté que su expresión no era de preocupación, sino de lástima. Ni siquiera podía ser enviada a otro planeta sin que algo saliese mal.

—¿Qué es un estimulador neuronal?

—Es un implante neural que permite que la mente adopte nuevos idiomas y costumbres. Ahora puede entender y hablar cualquier lengua en cuestión de minutos, incluyendo todos los idiomas de la Tierra. Esta tecnología es solo para aquellas que van al espacio exterior, pero puesto que parece que permanecerá aquí, entonces es una buena ventaja.

Pestañeé y traté de procesar lo que me estaba diciendo. ¿Una ventaja? ¿Era este mi premio de consolación? ¿Poder hablar y entender otras lenguas?

—¿Cualquier idioma?

Asintió, claramente complacida con la tecnología, pero también confundida y decepcionada por mi rechazo al mismo tiempo.

—Absolutamente. Sea terrícola o de la coalición.

Puesto que ya no iba a ningún planeta de la coalición, no imaginé que me sirviera de mucho. Tenía alguna clase de súper procesador en el cerebro que me permitiría entender programas de televisión extranjeros o turistas en el aeropuerto. Fantástico. Justo lo que siempre había soñado. Habría preferido tener un coche gratis o un viaje a Hawái. Quizás algo de dinero.

Habría sido mucho mejor ser transportada a otro planeta para vivir mi propio sueño en la vida real; como en aquel sueño en el que dos hombres fuertes cubrían mi cuerpo, follándome como si fuese la mujer más apetecible que hubieran conocido, haciéndome sentir hermosa. Querida. Amada.

No. Me quedé con el estúpido traductor mental.

Les había fallado a mis amigos en la agencia de noticias, a mis amigos en el cuerpo de policía; había fallado en probar mi inocencia en la corte, y ahora ni siquiera merecía a un hombre alienígena, tan desesperado por tener un coño cálido y húmedo que aceptaría a una compañera ladrona o asesina sin siquiera verla primero. Cientos de mujeres —criminales— habían sido enviadas al Programa de Novias Interestelares durante los últimos años. Las mujeres arrestadas y procesadas provenían de todos los estratos sociales. Drogadictas y traidoras. Ladronas y asesinas.

Todas esas mujeres habían viajado lejos del planeta; por medio del programa habían encontrado nuevos hogares y nuevas vidas con hombres alienígenas desesperados por tener una novia. A aquellas mujeres las habían dejado hacer borrón y cuenta nueva, empezar de cero.

¿Yo? No, yo no. Había rechazado un soborno y fui culpada por un crimen que no cometí, y ahora, ¿no solo me había rechazado mi compañero asignado, sino también el maldito rey de todo el planeta?

No era mi día.

—¿Qué debo hacer ahora?

La guardiana ladeó su cabeza y suspiró.

—Bueno, su servicio voluntario en el programa de novias era lo único necesario para cumplir las condiciones de su condena. Puesto que ninguna mujer ha sido rechazada antes, se puede aprovechar de la laguna y su condena probablemente sea levantada. Supongo que, en el futuro, una mujer que resulte ser rechazada tendrá que volver a prisión. Por los momentos no hay ninguna regla en cuanto a ningún castigo alternativo, por lo tanto, ha cumplido todos los requisitos de su condena.

—Quiere decir...

—Puede irse, señorita Smith.

Levantó el borde de la sábana y limpió varias gotas del líquido azul que se acumulaban en el rabillo de mi ojo y corrían por mis mejillas como lágrimas.

Era libre. Nada de condenas. Nada de prisión. Ningún bombón extraterrestre.

—Váyase a casa.

No quería irme a casa. No tenía hogar. No tenía trabajos, ni amigos, ni futuro. Puesto que debía estar en una *galaxia muy, muy lejana*, mis cuentas bancarias habían sido vaciadas, y mi casa vendida. Cuando una mujer se iba del planeta con el programa de novias, sus pertenencias eran divididas como si estuviese muerta. Muerta y desaparecida, sin volver jamás. No había nadie con quien pudiera reclamar mi tostadora o mi desgastado sofá, así que imaginaba que habían sido donados a la caridad.

Era la primera novia a la que enviaban a casa como un perro, con el rabo entre las piernas, sin ser digna de un compañero alienígena.

¿Y si salía del centro de procesamiento y enseñaba la cara por la ciudad? Bueno, los asquerosos que me habían engañado enviarían a sus matones para terminar lo que habían empezado. Si se enteraran de que seguía en la Tierra, le pondrían precio a mi cabeza en cuestión de horas.

Pero, de nuevo, yo no era ninguna princesa mimada. Tenía una bolsa de viaje, una pila de ropa y dinero, el cual llevé pues un amigo en el sector de inteligencia en el extranjero me convenció de que resultaría necesario para sobrevivir. Había escuchado su consejo, gracias a los cielos. Todo lo que tenía que hacer era llegar hasta mi depósito, de cuya existencia nadie sabía, y podría comenzar desde cero. Era libre. Miserable. Y estaba sola. Herida. Pero era libre de hacer cualquier cosa que quisiera... como desenmascarar un grupo de oficiales y políticos corruptos.

Esos turbios bastardos pensaban que me había largado, que me había ido del planeta. Que ya no sería un problema. Quizás era la única fortuna que conseguiría hoy.

Balanceé mis piernas y sonreí, de improviso llena de un entusiasmo inesperado. Quizás no era lo suficientemente buena para un polvo alienígena, pero era muy buena con un teleobjetivo. Lo consideraba como mi propio rifle francotirador. Solo bastaba una foto para hundir a alguien, exponer sus mentiras, para arruinar su vida. Si mi cámara era un arma, entonces tenía una lista negra de casi un kilómetro. Si mientras lo hacía pretendía ser un fantasma, una persona que ni siquiera debía *estar* en la Tierra, entonces mucho mejor.

Me bajé de la mesa, aferrándome a la sábana y cerrándola, pero tuve que reconsiderar el súbito movimiento cuando sentí que la habitación daba vueltas. La guardiana Egara extendió sus brazos para estabilizarme y asentí en modo de agradecimiento.

Era hora de irse, pero había algo que mi lado masoquista necesitaba saber. Si estaba a punto de dejar de lado mi oportunidad extraterrestre en esta sala, entonces quería saberlo.

—¿Cómo se llamaba?

La guardiana Egara frunció el ceño.

—¿Quién?

—Mi compañero.

Dudó, como si estuviese difundiendo un secreto de Estado.

—Príncipe Nial. El hijo mayor del Prime.

Entonces me reí, ya que si me hubiese ido de la Tierra, habría sido una princesa. Emparejada con un príncipe alienígena, vistiendo vestidos y zapatos ridículos, con el cabello rubio domado no por una coleta, sino por pasadores de piedras preciosas y complejos peinados, según lo que correspondiese con mi estatus real. Dios me libre, tendría que usar máscara y lápiz labial, pues mi tez pálida no era hermosa al natural.

¿Una princesa? Ni hablar. Quizás era ese el motivo por el cual había sido rechazada. Absoluta y definitivamente, yo *no* era Cenicienta.

—Pienso que es lo mejor, guardiana. No soy material de princesa, exactamente.

Era más diestra con un puñal que un político elocuente; más hábil con un rifle que en la pista de baile. Y eso era, tristemente, un hecho. Quienquiera que fuese este príncipe Nial, se había librado de una buena.

De mí.

Quizás este príncipe estaba mejor sin mí. Eso no quería decir que, en mi interior, en donde persistían las emociones de la ceremonia de reclamación de aquella mujer, el sueño en el cual supe por algunos momentos lo que era ser querida, amada, follada y reclamada por sus compañeros, que en mi interior no estuviese sangrando.

Príncipe Nial de Prillon Prime, a bordo de la nave de guerra Deston

Mientras me movía con pesadez hacia la pantalla para hablar con mi padre, me sentí anestesiado. Sentía como si mi peso corporal no pesara casi nada, no más que el de un niño. La manera más sencilla de tratar con mi padre era no mostrando ninguna emoción.

Los implantes ciborgs que fueron incorporados a mi cuerpo durante mi estancia en el Centro de Integración del Enjambre eran microscópicos, y era imposible eliminarlos sin matarme. Por lo tanto, ahora se me consideraba contaminado; era un riesgo para los hombres bajo mi comando y para la gente de mi planeta. Debía ser tratado como un criminal altamente peligroso. Por lo menos, era eso lo que todos pensaban. Los guerreros contaminados con tecnología ciborg eran desterrados a una de las colonias para vivir el resto de sus vidas haciendo trabajos forzados. No reclamaban novias. Y no se convertían en el Prime de los mundos gemelos de Prillon.

Mi derecho de nacimiento como heredero del Prime y príncipe de mi gente había impedido que fuese desterrado inmediatamente a las colonias, pero había algo que me interesaba más que eso, y no era la persona que aparecía en la pantalla delante de mí.

Miré al cauteloso rostro inexpresivo de un hombre que me doblaba en edad. Lucíamos muy similares, solo que él era más viejo y no tenía los implantes ciborg. Era enorme, tenía un rostro feroz y una armadura personalizada, diseñada para darle más altura que sus dos metros. Era el Prime de dos planetas de guerreros descomunales. Tenía que ser fuerte. Solo bastaba con mostrar una pizca de debilidad y sus enemigos lo derrotarían.

Ahora mismo, yo era esa debilidad para él. Yo era el hijo criminal convertido en una peligrosa amenaza ciborg.

—Padre.

Incliné la cabeza ligeramente a modo de saludo, a pesar de la ira que consumía mi sangre. Quizás era mi padre biológicamente, pero no era ningún padre.

—Nial, he hablado con el comandante Deston. He presentado una orden oficial para tu transferencia a las colonias.

Apreté los dientes para contener mi respuesta inmediata. Demasiado para sentirse insensible. Así que mi estatus como heredero sanguíneo al trono no me salvaría del destierro, después de todo. Le importaba un bledo que yo fuese su hijo. Estaba dañado, arruinado por el Enjambre y no era *digno* de ser un líder. Ni de ser su hijo.

Alguien le entregó una tableta y leyó su contenido detenidamente mientras me hablaba, sin molestarse en mirarme.

—Me iré al frente en un par de días para visitar a nuestros guerreros y evaluar la condición de nuestras naves de guerra más viejas. Espero que tu traslado haya sido completado para cuando esté de vuelta.

Tomé una bocanada de aire e intenté que mi voz fuese tan neutral y benigna como la suya.

—Ya veo. ¿Y qué sucede con mi novia? Debió haber llegado en el transporte hace tres días.

—No tenías ningún derecho a solicitar una novia. Tenía un acuerdo con el consejero Harbart. Debías reclamar a su hija como compañera.

No pude evitar que mis manos apretaran la silla que estaba frente a mí.

—Harbart fue un asqueroso cobarde que tenía la intención de matarme a mí y a la novia del comandante Deston. ¿Por qué reclamaría a su hija?

El Prime alzó una ceja y esta vez me miró, como si estuviese confundido.

—La pregunta es irrelevante, puesto que ahora no eres... apto para reclamar una compañera. No reclamarás a nadie. El transporte de tu novia terrícola ha sido rechazado, claro. A ningún guerrero contaminado se le concede el honor de tener una novia. Ya sabes esto. En estos momentos, bien podría estar emparejada con otro guerrero que no esté...

Su voz se apagó y ladeó su cabeza, analizándome. Dejé que me observara. Si fuese un padre *verdadero*, miraría más allá de las modificaciones ciborgs del Enjambre y vería que seguía siendo la misma persona; seguía siendo su hijo. *Seguía* siendo el príncipe.

—¿Con otro que no esté qué?

Esta era la primera vez que me veía desde que fui rescatado de la base del Enjambre. Con los brazos cruzados, dejé que contemplara el leve brillo metálico en mi piel, en el lado izquierdo de mi rostro; el extraño color plata del iris de mi ojo izquierdo, antaño dorado oscuro. Había dejado descubiertos mis antebrazos, a propósito, para que pudiese ver la fina capa de biotecnología viva que había sido injertada en la mitad de mi brazo y parte de mi mano izquierda. Quería que lo viese todo, y que aun así me viese a *mí*.

Sus ojos se posaron en mi brazo.

—¿Los implantes e injertos cutáneos no pueden ser eliminados?

La absurda esperanza que tenía murió con esa pregunta. Había creído que *quizás* nada de aquello importaría, pero no era así. Solo veía lo que el Enjambre me había hecho, no a su hijo.

—El doctor Mordin dice que los injertos son permanentes. Tendrían que cortarme todo el brazo para eliminarlos.

—Ya veo.

—¿En serio, padre? ¿Qué ves?

No había visto los injertos ciborgs que cubrían la mitad de mi hombro izquierdo, la mayor parte de mi pierna izquierda y parte de mi espalda. Pude ver en sus fríos ojos que con lo que había visto era suficiente.

Mi padre, el hombre que nunca había amado, pero que había

respetado y al que intenté complacer durante toda mi vida, negó con la cabeza.

—Veo a un guerrero que solía ser mi hijo. —Se reclinó en su silla y la expresión en su rostro se volvió aún más fría—. Serás eliminado de la lista de herederos y reasignado a las colonias. Lo siento, hijo.

—¿Hijo? *¿Hijo?* ¿Te atreves a llamarme hijo en la misma oración en la que hablas sobre desterrarme a las colonias?

Mi voz se había levantado. Mantenerse en calma ya no importaba. No lograba nada.

Se inclinó hacia adelante para cortar la comunicación, pero mi siguiente pregunta lo detuvo.

—¿Y quién será tu heredero?

—Tienes muchos primos lejanos, Nial. Quizás el comandante Deston, junto con su nueva novia, se ofrecerá a ser el heredero. De lo contrario, estoy seguro de que la gente acogería con gusto las antiguas costumbres de nuevo.

Las antiguas costumbres...

—¿Una pelea a muerte?

¿Preferiría ver a guerreros buenos y fuertes luchar a muerte por el derecho de ser Prime antes que considerar a su propio hijo? ¿Simplemente porque ese hijo tenía injertos biotécnicos en su piel?

—Que el guerrero más fuerte sobreviva.

Si hubiese podido extender mi mano hacia su lado de la pantalla y golpearlo en el rostro, lo habría hecho.

—¿Verías a nuestros mejores guerreros morir?

Había considerado al hombre indiferente. Insensible, por lo menos hacia mí. Noté que esto aplicaba con todos. Preferiría ver a hombres fuertes peleando sin necesidad, muriendo sin necesidad, todo porque él era... Tan. Asquerosamente. Cruel.

—No hay heredero. Es nuestra forma de vida.

No había habido una pelea a muerte en doscientos años, desde que nuestro ancestro había ganado y reclamado el trono.

—Soy fuerte, padre, y mi mente está intacta. No hay necesidad de sacrificar a nuestros guerreros más fuertes...

Por lo menos tenía que suplicarle al hombre para salvar a los demás. Los más fuertes se alzarían para hacer una reclamación, y morirían sin necesidad, cuando deberían estar en las primeras filas luchando contra el Enjambre.

—Estás contaminado.

—Poseo conocimiento de los sistemas y estrategias del Enjambre. Cometerías una imprudencia si me desterraras a las colonias. Debería estar en las filas con los batallones, en donde puedo...

Me interrumpió de nuevo.

—No eres nadie, un contagiado. Ciborg. Estás muerto para mí.

Hubiese discutido más, pero la comunicación se cortó de su lado.

Bastardo. Cada día durante los últimos años me había balanceado como un péndulo entre la necesidad de impresionar a ese imbécil y la de matarlo.

—Debí haberlo matado —murmuré para mis adentros.

Miré la pantalla negra por varios minutos. Había sido expulsado y sabía que no volvería a hablarle a mi padre de nuevo. No me entristecía, ya no más. Quizás algo bueno había salido de los implantes ciborg. Sabía a qué atenerme con mi padre y ya no merecía mi tiempo ni ocupar mis pensamientos.

No. El pensamiento que daba vueltas en mi mente como una tormenta cobrando potencia me causaba mucha más angustia. Había rechazado a mi novia. Mi compañera. Una hermosa mujer de la Tierra como Hannah Johnson, la novia del comandante Deston. Había deseado tener una novia así; una mujer suave y curvilínea de aquel planeta. Hannah era pequeña, pero era fuerte y estaba tan enamorada de sus dos compañeros, que les había rogado que la tomaran en la ceremonia de unión.

Mis implantes del Enjambre me habían dado una ventaja aquel día, un secreto que no había compartido con nadie. Tenía una grabación completa de su ceremonia en mi sistema. La veía con frecuencia en mi cabeza, observando una y otra vez la manera en la que las mujeres terrícolas les gustaba ser tocadas; la manera en la que había arqueado su espalda, los sonidos que hacía mientras sus compañeros la besaban, acariciaban, follaban. Quería algo así para mí. Quería a una compañera así, por eso había visto aquella cinta hasta que se hubo grabado con fuego en mi propia alma. La había aprendido. Había memorizado cada pequeña parte del sexo ceremonial.

Haría que mi compañera gritase, tal como ellos lo habían hecho. La haría estremecer y rogar porque mi pene la llenara.

Ser testigo de la ceremonia había sido un honor que no me negó mi primo, el comandante Deston. Había observado mientras él y su segundo, Dare, follaban a Hannah como dos salvajes. Su novia humana amaba sus atenciones, suplicaba por más, y miraba a sus guerreros como si fuesen el aliento de su cuerpo, el mismo latido de su corazón.

Recordaba la otra ceremonia que había visto, pero esta había sido durante mi prueba en el centro de procesamiento. Había sido el sueño que me emparejó con mi compañera. Los hombres habían sido exigentes, dominantes y dedicados. Ya que mi compañera había sido asignada a mí con el mismo sueño, sabía lo que necesitaría de mí. Y de mi segundo.

Quería el tipo de conexión de aquellas dos ceremonias, y la tendría.

Tenía una novia. Una mujer había sido procesada y asignada a mí. Usando aquella ardiente ceremonia de unión. La compatibilidad que había indicado el Programa de Novias Interestelares era de casi un ciento por ciento. Aquello dejó en claro que existía una mujer solo para mí. No tenía a un segundo, ni trono, ni futuro; pero nada de esto importaba. La única cosa —la única *persona*— que me interesaba era esta mujer de la Tierra que era mi compañera. Mi padre había negado su transporte. Eso no negaba nuestra unión, ni el vínculo que compartíamos. Solo me hacía quererla más. No permitiría que me la negasen. Me preguntaba qué habría pensado de mí en el momento en el que fue rechazada. El dolor debió haberse parecido a la ira que consumía mi interior debido a la intervención de mi padre.

No le negarían a su compañero, su novio, debido a un padre imbécil. Ella no sería una víctima de sus maquinaciones.

Era inocente.

Era *mía*.

Si el centro de procesamiento no autorizaba el transporte, entonces simplemente viajaría a la Tierra y la tomaría.

3

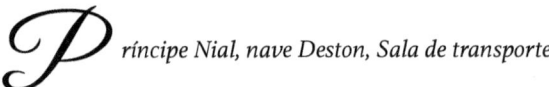

ríncipe Nial, nave Deston, Sala de transporte

CAMINÉ por el vestíbulo de la nave como si fuese un monstruo. Los guerreros curtidos esquivaban su mirada, incapaces de soportar la imagen de mi piel plateada. Dudaba que todo se tratara de *mí*, sino de lo que podría sucederles a ellos. No me importaba. En cuestión de horas estaría en la Tierra, y mi novia en mis brazos. Esta era una misión en la que no fallaría.

Cuando mi compañera estuviese a salvo, encontraría a un guerrero dispuesto a compartirla; nombraría a un segundo para protegerla, y entonces hallaría una manera de recuperar mi trono. Mientras caminaba, la ira se encrespaba en mi estómago como un nudo apretado. Mi padre era absurdo, y había pasado demasiados años siguiendo sus órdenes ciegamente. Era tiempo de quitarle el trono, por la fuerza si era necesario. Sus tácticas en la guerra contra el Enjambre eran poco efectivas y débiles, y yo era prueba de eso. Si no fuese por el experto liderazgo del comandante Deston en la flota de batalla, ya estaríamos perdidos.

La sala de transporte estaba llena. El comandante Deston, su compañera, Hannah, y su segundo, Dare, estaban de pie aguardándome cerca del borde de la plataforma de transporte. Dos guerreros que no reconocí manejaban la estación de control, introduciendo las coordenadas para mi traslado hasta el centro de procesamiento de la Tierra, en donde mi compañera había sido rechazada hacía unos pocos días. ¡Rechazada! Mi cólera solo aumentó al pensar en cómo había sido rechazada.

Dos guerreros enormes hacían guardia en la puerta. Al verlos, me di cuenta del riesgo que mi primo estaba corriendo por mí. No todos los presentes a bordo de la nave estaban felices al saber que un guerrero contaminado caminaba entre ellos, fuese o no un príncipe.

—Comandante.

Rodeé el antebrazo de mi primo como en nuestros saludos antiguos, sin poder expresar con palabras lo que esta oportunidad significaba para mí. Al enviarme a la Tierra a rastrear a mi novia, estaba desafiando a mi padre y a todo el consejo planetario. Me demostraba que tenía poca consideración con mi padre, y una firme convicción en el sistema de emparejamiento.

Le eché un vistazo a Hannah, quien estaba de pie a su lado. Tan pequeña, tan frágil en comparación con sus dos compañeros; y sin embargo, fuerte y poderosa. Realmente era la más fuerte de su vínculo. Miré sus collares de unión, y envidié su conexión.

Yo también tendría aquel vínculo. Pronto. Solo tenía que llegar a la Tierra y encontrarla, y luego traerla a casa.

—Qué tengas un buen viaje, Nial —dijo Deston—. Cuando te transportemos, tu padre seguramente bloqueará todas las estaciones de transporte, y probablemente enviará cazarrecompensas para localizarte.

—No le temo a mi padre.

El comandante Deston asintió con un solemne respeto que no había notado antes. Antes había sido un niño malcriado. Ahora lo sabía, y no me acobardaba de confesarlo. Era un príncipe mimado que quería jugar a la guerra, pero que no comprendía bien sus consecuencias. Ya no era aquel hombre. Solté al comandante y agaché la cabeza ante su novia.

—Señora Deston.

—Buena suerte.

Se puso en puntillas y me besó en la mejilla, en la izquierda. Aquella acción me convenció más que nunca de que una novia terrícola era mi única oportunidad de encontrar a una mujer que me aceptara tal como era ahora.

Su segundo compañero, Dare, me miró a los ojos, y envidié el leve asomo de color plata en su ojo. Él había sido capturado, también. Pero como el heredero del Prime, el Enjambre había tenido prioridad conmigo, y comenzaron a trabajar conmigo antes. Dare se había librado de su tecnología, teniendo como recordatorio solo un leve atisbo de color plata en uno de sus ojos; un brillo que nadie, con excepción de las personas cercanas a él, conocía.

Dare extendió su brazo y yo lo tomé.

—¿Cómo protegerás a tu compañera sin un segundo?

Siguió sujetándome cuando yo debería haberme apartado.

—Deberías escoger un segundo, Nial. Llévale contigo.

—Soy un marginado, un contaminado —sacudí mi cabeza—. No podría pedirle eso a ningún guerrero. Todavía no

Sin embargo, Dare insistió.

—¿Pedirle qué cosa? ¿Proteger y cuidar a una hermosa novia? ¿Compartir su cuerpo y follarla hasta que grite, llegando al clímax? —Sonrió entonces, y vi a Hannah sonrojándose—. Confía en mí, Nial, ser un segundo no es ninguna dificultad.

Sabía que sus palabras eran ciertas por la ceremonia de unión que estaba en mi mente.

Quizás decía la verdad, pero yo estaba contaminado, y estaba a punto de romper las leyes de Prillon para viajar a un planeta restringido. Había sido unido a una novia que no me conocía, y que probablemente huiría gritando cuando viera mis facciones arruinadas por primera vez. No podía pedirle a ningún guerrero que se uniera a mí bajo tales circunstancias.

Sin replicar, solté el brazo de Dare y puse un pie en la plataforma de transporte, cuando vi a la señora Deston sonriéndome con una expresión pícara en sus peculiares ojos oscuros. Su cabello oscuro se destacaba entre la raza dorada de Prillon Prime, como si fuese una estrella en medio de la oscuridad del espacio.

—Estarás desnudo cuando llegues, ¿sabes?

—Sí —asentí.

Nada de ropa ni de armas. Sí, conocía el protocolo de Prillon, y sabía cómo estaban programados nuestros transportadores. Nada de ropa ni armas podían pasar por el transporte a larga distancia. Aguardar la llegada de una novia desnuda y ansiosa era uno de los eventos más anticipados en toda la Coalición Interestelar. Me preguntaba lo que pensarían las personas del centro de procesamiento de la Tierra cuando un hombre desnudo —no, un ciborg semidesnudo— apareciese.

—También eres medio metro más alto que la mayoría de hombres terrícolas. No pegarás ni con cola.

—No sé lo que significa esa expresión, pero tengo que asumir que seré una rareza por mi altura, y no por esto. —Apunté a uno de los lados de mi rostro.

Hannah frunció los labios y asintió.

—Que así sea, entonces.

Fruncí el ceño por la tardanza, y le lancé una mirada sombría al guerrero detrás del mando de control para que continuase con el proceso. El guerrero en los controles asintió, reconociendo mi orden muda.

—Aguarda.

Una voz grave hizo que todos nos diésemos la vuelta. Uno de los guardianes en la puerta se acercó a mí.

Su nombre era Ander, y había sido uno de los guerreros que nos rescató a Dare y a mí del Enjambre. Era incluso más alto que yo, con hombros enormes y una gran cicatriz que recorría todo el lado derecho de su rostro. La marca era un signo de su ferocidad como guerrero, del precio que había pagado en el combate para que regresáramos.

Mi piel era dorada pálida, algo común entre nuestra gente. Ander era más oscuro; sus ojos eran del color del acero oxidado y su cabello y piel eran de un tono más moreno, que se acercaba al color café, y era más común en las familias antiguas. Incluso antes de nuestro rescate, lo conocía. Era muy temido y respetado en la nave de guerra, y también uno de los guerreros de élite del comandante Deston. Le debía mi vida. También Dare. Tenerlo en la sala de transporte demostraba que el comandante y su segundo confiaban en él para estar dentro de su círculo íntimo; era un guerrero leal y una persona de su confianza.

Lo miré a los ojos, impávido; un marginado lleno de cicatrices observando al otro. Lo contemplé, curioso, mientras él apartaba sus armas y caminaba para ponerse frente a mí.

—Me ofrezco para ser tu segundo.

Ander era feo, y tenía muchos más años que yo, pero era feroz en la batalla. No podía pedir un mejor guerrero que me ayudase a encontrar y proteger a mi novia. Había demostrado su valentía a Dare, a mí y al comandante durante varios años de lucha. No lo conocía bien, pero sabía lo suficiente. Maldición, quizás, incluso, era más digno que yo.

Pensé en la ceremonia de unión que había sido la base de nuestra unión, aquella con el segundo dominante que había follado a su compañera en el culo con una precisión experta y placentera. Puesto que conocía las necesidades de mi compañera partiendo de aquel sueño, sabía que Ander sería ideal para eso. Lo haría bastante bien.

Me volví hacia el comandante, pues no me llevaría a uno de sus mejores guerreros sin permiso. El viejo yo, el príncipe malcriado que pensaba que lo merecía todo, habría tomado al guerrero sin pensar en las responsabilidades de aquel hombre con la gente de la nave; con aquellos que estaban bajo sus órdenes y a quienes protegía.

Ander también se giró para mirar al comandante. El comandante estaba de pie con su brazo alrededor de la cintura curvada de su compañera y con una extraña sonrisa en el rostro.

—Id. Que los dioses os protejan.

La señora Deston apoyó su cabeza contra su hombro, mostrando una sonrisa genuina.

—Intenta no matar demasiados idiotas. Y trata de no matarla del susto. —Extendió su mano, y Dare colocó tres collares negros en su palma. Se volvió hacia mí—. Creo que necesitarás estos.

Sacudí la cabeza.

—Me temo, señora, que no sobrevivirán al transporte. Ni tampoco funcionarán adecuadamente fuera del rango de la nave.

—Oh. Entonces estarán aquí apenas regreses.

Dejó caer su mano cerca de la de Dare, y se aferró a sus dos compañeros, claramente molesta mientras nos analizaba parados en la plataforma de transporte.

—Buena suerte. Se quedará a cuadros. Trata de ser paciente con ella.

Asentí mientras me preparaba para los desgarradores giros de un transporte de larga distancia. Ander iba directamente detrás de mí. Sentí la oleada de poder fluyendo en mis células, lo que significaba que el protocolo de transporte había comenzado. No comprendía aquella frase, *se quedará a cuadros*. Tampoco necesitaba ser paciente. Esta mujer de la Tierra era mi compañera. Estábamos emparejados. Reconocería la conexión tan bien como yo. Quizás preguntaría por Ander, pero si yo lo había escogido como mi segundo, entonces ella no tenía por qué cuestionarme. A mí, su compañero. No había necesidad de gastar tiempo cortejando a nuestra nueva novia con caras bonitas o lindas palabras.

¡Yo era su *pareja*!

Planeaba tomarla, simplemente. ¿Y qué si mi novia tenía miedo? ¿Si se oponía a la unión? Eso no importaba. Era mía y no renunciaría a ella. Me la ganaría, así tomara una semana o un año, ella cedería.

JESSICA, *planeta Tierra*

ME ARRODILLÉ EN EL TECHO, mirando a los oficiales de la Agencia Antidroga a través del teleobjetivo de la cámara que había ocultado en mi bolso. Mi objetivo estaba sentado bajo una sombrilla, debajo de una de las siete mesas en el patio privado de un café situado en el corazón de la ciudad. Usaba mi uniforme habitual de reconocimiento: una camisa negra y pantalones.

Los oficiales eran invitados del cártel; su presencia era una muestra de su turbia naturaleza; una prueba de que estaban involucrados en esto. Prueba de que me habían tendido una trampa. Este lugar estaba altamente protegido, con gorilas bien armados sobre el terreno y hombres haciendo cambios de puesto cada hora, en punto.

Lo que significaba que tenía quince minutos para largarme de aquí o me descubrirían.

Una mujer se arrodilló en el concreto, entre las piernas de uno de los hombres, dándole una chupada debajo de la mesa mientras él daba sorbos a su whisky y bromeaba con su amigo. Ni siquiera hizo una pausa en su conversación mientras la drogada mujer metía su polla dentro de su garganta y jugueteaba con sus pelotas. Toda la zona estaba llena hasta el tope con narcotraficantes, chulos, y las prostitutas que los servían, sus esclavas.

No estaba segura de quién estaba en una peor situación, si las mujeres que habían muerto por la dosis inicial de bomba C o las sobrevivientes que se veían forzadas a ser esclavas para recibir su próxima dosis.

No había comido una comida decente en dos días; mi cuerpo estaba deshidratado y no le había dado nada más a mi estómago que un pack proteico y café. No necesitaba sobrevivir. No tenía hogar, no tenía dinero, ni familia. Incluso mi pareja alienígena, el único hombre perfecto para mí en todo el universo, me había rechazado. Todo lo que me quedaba era mi honor, y una oportunidad de asegurarme de que ninguna mujer fuese secuestrada y forzada al mundo de las drogas y redes de prostitución. El método de captación de este grupo era inyectar a las mujeres secuestradas un cóctel de drogas —llamado C o bomba C en las calles, una abreviatura de bomba coño— diseñada para convertir a cualquier mujer en una zorra sin pensamientos. La droga funcionaba increíblemente bien. Luego de una dosis, las mujeres o bien se volvían adictas fácilmente controladas o morían.

La mujer que se humillaba con el pene del hombre en lo más profundo de su garganta claramente estaba enganchada.

Observé mientras uno de los tenientes narcotraficantes locales deslizó una bolsa llena de drogas, dinero y Dios sabe que más, a lo largo de la mesa para el agente de la DEA, quien cogió la bolsa, sonrió y tomó una pastilla —podía ver su color pálido por el lente—. Cogiéndola entre su pulgar y su dedo índice, se la ofreció a la mujer que chupaba su pene debajo de la mesa. Ella la atrapó debajo de su lengua. Inmediatamente se puso rígida y entonces sonrió, aturdida, mientras bajaba su cabeza y retomaba sus esfuerzos para hacer que el hombre se corriera dentro de su garganta.

Presioné el botón con una mueca, haciendo una foto tras la otra, tratando de no moverme. Todavía no. Necesitaba un último nombre, un último rostro. Ya había entregado a los tres jugadores estrella del grupo. Una nota bien hecha y un par de fotografías enviadas a algunos policías honestos era suficiente para verlos tras las rejas. Ahora, solo necesitaba saber quién era la persona a la que este grupo tenía en el consejo municipal y terminaría con mi trabajo. Acabaría con los desgraciados que estaban destruyendo mi ciudad o moriría intentándolo.

Respirando lenta y pausadamente, no moví ni un solo músculo. Hacía calor debajo de la lona gris que usaba como camuflaje, pero no me atreví a moverme. La reflexión más mínima de luz solar en el lente de mi cámara podría delatar mi presencia. Me sentía como una francotiradora, pero mi arma era la información, no las balas. Por lo menos, no actualmente. Cuando estaba en el ejército, mi equipo de fusiles M24 SWS eran mucho más letales.

Mi paciencia se vio recompensada cuando un hombre que conocía bastante bien salió de las sombras y se sentó frente a los dos agentes antidrogas.

Pestañeé tres veces, tratando de apartar las lágrimas que se acumulaban en mis ojos. Debería estar sorprendida.

No lo estaba, y eso me decía todo lo que necesitaba saber. Cada parte de mi entrenamiento como francotiradora valió la pena en ese instante. No entré en pánico. Me mantuve en calma, respiré hondo y pausadamente, incluso cuando mi mente se movía frenéticamente. Mierda. ¡Maldición! ¡Ese maldito bastardo!

Moviéndome rápidamente hice varias fotografías antes de retirarme, coger mi equipo y dirigirme hacia su casa. Sabía exactamente en dónde estaba porque había estado allí antes. Varias veces. Le tendería una emboscada y lo confrontaría, grabándolo todo. La ciudad necesitaba conocer al imbécil que estaba detrás de la reciente ola de asesinatos, pero el mundo jamás me creería. Era una criminal convicta, una a la que *él* había incriminado. Necesitaba una confesión, y la necesitaba frente a la cámara.

Dos horas después, él regresó a su casa colonial de cuatro habitaciones para encontrarse conmigo, aguardándolo en su elegante comedor en el primer piso; la escopeta calibre 12 que había comprado en una feria de armas hace años estaba cargada, con la punta apoyada en el respaldo alto de una silla manchada con cerezas. Apunté el arma justo en el centro de su pecho. Sabía que mi puntería era endemoniadamente buena. Había competido en concursos de tiro durante cuatro años completos en el ejército, y él mismo me había entrenado.

—Jess.

Sus ojos se abrieron, completamente asombrados de verme. Eso solo duró un segundo, pues entonces controló sus emociones.

—Clyde.

Contemplé a mi viejo mentor por encima de la escopeta y negué con la cabeza lentamente, sin quitarle los ojos de encima. Era un militar retirado, exjefe de la policía, y ahora el alcalde de nuestra gran ciudad. Se sentó, vestido con un traje azul marino y una corbata, luciendo atractivo y en forma para tener cincuenta; un arquetipo en esta ciudad. Un héroe de guerra; arrugas de risa surcaban sus ojos. El hoyuelo en su barbilla le había valido el título de soltero más codiciado.

—Pensé que estabas lejos follando con un alienígena.

Tuvo el descaro de sacar un cigarrillo de su bolsillo y encenderlo mientras yo miraba; el lento humo danzaba sobre la quietud del aire que nos separaba.

—¿El alienígena no fue suficiente? ¿Has venido aquí a por una follada, corazón? ¿Otra dosis de C?

—No, gracias.

Se encogió de hombros y le dio una calada al cigarrillo, exhalando aros de humo, como si no tuviese preocupación alguna en el mundo.

—Pensé que era oportuno ofrecértelo. Pude escuchar que te encantó la C en tu primera vez; pensé que querrías darle otra probada.

Me estremecí. No le había contado a nadie sobre aquella noche infernal; la noche en la que había estado drogada hasta estar fuera de mí. Me había encerrado en mi baño, hecha un ovillo en el suelo. Me había masturbado hasta que mi coño sangró, vomité una y otra vez durante horas; cada orgasmo solo me daba alivio momentáneo. La tortura había durado casi toda la noche, y ahora sabía exactamente a quién culpar. Mi dedo tembló sobre el gatillo, y él debió haberlo visto, pues alzó sus manos en señal de derrota.

—Tranquila.

—Yo confiaba en ti.

La idea de matarlo me hacía querer vomitar sobre mis propios zapatos, pero lo haría. No merecía vivir, pero necesitaba una confesión. La muerte no era suficiente. Mi cámara estaba sobre la repisa de la chimenea, grabando todo lo que ocurría en la sala, cada maldita palabra.

—¿Por qué lo hiciste?

—¿Hacer? ¿Qué?

Me miró a los ojos fijamente, relajado y sin prisa mientras se movía para sentarse en su sillón favorito, el que solía tener un arma metida entre el almohadón derecho y el asiento. El arma ahora estaba guardada de manera segura en mi bolsillo, pero él no sabía eso.

—Ya sabes, incriminarme. Matar a una docena de mujeres inocentes. Hacer negocios con el cártel. Traicionar a tu ciudad.

Su mano se desplazó al sitio entre los almohadones, y yo sonreí, viendo cómo sus ojos pasaban de inexpresivos a furiosos cuando notó que su arma ya no estaba allí. Suspiró y elevó su mano para cruzarse de brazos.

—Haz lo que tengas que hacer, Jess, pero no conseguirás que confiese nada. No he hecho nada malo.

Ansiaba por dispararle a quemarropa, por dejarle un agujero del tamaño de Texas en el pecho, pero algo me detuvo.

Dios, a veces era una porquería tener una conciencia; no era como si este hombre comprendiera lo que significaba eso. Había matado durante mi misión en el Medio Oriente, pero había sido obligada a hacerlo. Era disparar o ser disparada. Eso había sido distinto. ¿Esto? Esto era un asesinato a sangre fría.

Pero realmente merecía morir.

Lo miré por medio minuto, sopesando mis opciones. ¿Matarlo y huir? ¿Atarlo y llamar a la policía?

Jamás me creerían. Jamás. Era yo la traidora, la exmilitar corrupta a la que habían hallado con un millón de dólares adicionales en el banco, una reserva de C en su casa y la droga en su torrente sanguíneo. En esta ciudad él era un dios. Yo era una criminal y una mentirosa. Yo era escoria.

Me dirigió una sonrisa socarrona y esa imagen me hizo enojar lo suficiente como para dar un paso al frente. Tendría que mentirle y aprovechar la oportunidad para sacarlo de sus casillas y hacerlo enojar. Arrancarle una confesión a la fuerza. Había abandonado mi operación en cuanto tomé su fotografía hablando con los agentes, pero él no sabía lo que había visto o lo que no.

—No necesito una confesión, Clyde. Te tengo en cámara en el café de las mamadas con una puta en medio de tus piernas y una bolsa de dinero de la droga sobre la mesa.

—Zorra. —Hizo una mueca desdeñosa, todos sus esfuerzos por mantener la apariencia humanitaria se habían esfumado—. Voy a drogarte tanto que ni siquiera recordarás tu propio nombre, y entonces te echaré en medio de los hombres. Te desgarrarán como perros.

Los estimuladores neuronales en mis sienes zumbaron y sacudí mi cabeza para despejar el sonido. Sucedió de nuevo, esta vez más fuerte; era un sonido extraño que no había escuchado nunca, como máquinas hablando entre sí.

Retrocedí y Clyde se levantó de su sillón, agachándose para hacer su jugada mientras estuviese distraída.

Maldición. Algo estaba mal. Puse una mano sobre mi sien y me quejé. Tenía que salir de aquí. *Ahora*.

Demasiado tarde. El dolor atravesó mis sienes y caí de rodillas. La escopeta cayó al suelo con estrépito mientras me inclinaba y gimoteaba, luchando por mantenerme consciente.

Clyde cogió el arma y avanzó hacia mí, y entonces la puerta principal junto con todas sus bisagras explotó. Tres criaturas enormes entraron en la sala de estar de Clyde. No eran humanos. Sus cuerpos estaban hechos de metal, pero no duro y reflectante, como las llaves inglesas de mi abuelo; era más bien suave, como un metal que se movía, corriendo por sus cuerpos como piel, como tejido vivo. Sus ojos eran color metal, pero en el centro, en donde deberían estar las pupilas, solo había puntos negros y líneas como patrones en una pieza de ordenador. Tenían párpados, pero no parpadearon mientras observaban la sala y al hombre que les apuntaba con la escopeta.

Eran algo sacado de una película. Robots que cobraron vida. Alienígenas. Algo definitivamente *no* humano.

Clyde le disparó a uno de ellos con la escopeta mientras yo cogía mi cámara y gateaba debajo de la mesa de la cocina, dirigiéndome hacia la puerta trasera. Mi cabeza palpitaba dolorosamente, pero sabía que estos hombres —o lo que sea que fuesen— no estaban aquí para una visita amistosa. Si querían a Clyde, podían tenerlo.

Los perdigones rebotaron en su armadura y se quebraron en varios trozos hacia todas las direcciones. Apreté mis dientes para mantenerme en silencio mientras sentía un pedazo de perdigón incrustándose en mi pierna y otro en mi hombro.

Había tenido peores momentos y comparado con el dolor en mi cabeza esto no era nada.

Estaba gateando con dirección al patio trasero cuando oí gritar a Clyde. Unos pasos fuertes se aproximaron; oí el ruido sordo de las botas metálicas chocando contra el piso de madera bajo mis rodillas mientras uno de los monstruos venía a por mí.

Abandonando cualquier intento de sigilo, me apresuré a ponerme en pie y corrí; mi ruta de escape planificada ahora resultaba útil para huir de la escena con mi cámara, como lo había pretendido originalmente, pero ahora para correr por mi vida.

Clyde seguía chillando en agonía, pero no me volví. Corrí, con una de las criaturas justo a mis espaldas. No importaba cuántas veces me diese la vuelta, cuántos atajos tomara ni en cuántos sitios me escondiera. Seguía viniendo, como si tuviese un localizador...

Maldición. Toqué las cicatrices en los lados de mi sien y maldije al destino, a Dios, y al príncipe alienígena que me había abandonado. Tenían un dispositivo de rastreo. ¡Se suponía que era un endemoniado traductor! El sonido crepitante había disminuido, pero todavía estaba allí, y entonces me di cuenta de que era su lengua. Mientras más oía, sus palabras se volvían más claras, cumpliendo con la promesa de la guardiana Egara. Solo que no hablaban en voz alta como la mayoría de las personas, sino usando algún tipo de frecuencia de radio que mis nuevos implantes podían reconocer. No era mi idioma, pero lo entendía perfectamente.

—Encuentra a la mujer. Debemos llevarla a la base.

—Está a veintiún metros de nuestra posición actual, aproximadamente. La capturaremos en veintitrés coma cinco segundos.

—El hombre humano está muerto. Consigue a la mujer. Debemos irnos de este planeta antes de que la Coalición localice nuestra nave.

—Diecinueve segundos con la posición y velocidad actual.

—Incrementa la velocidad.

—Incrementando en un quince por ciento.

Por un momento pensé en la guardiana Egara y en sus afirmaciones en cuanto al dominio de idiomas que tendría con el implante. Había tenido razón. Si sobrevivía a esto, tendría que enviarle una nota de agradecimiento.

¿Diecinueve segundos hasta que esa *cosa* me capturase? Corrí más rápido de lo que jamás había corrido antes, agradecida de haberme obligado a entrenar cinco días a la semana, y entonces me tropecé con un pecho enorme. Aturdida, miré hacia arriba, vi piel metálica y grité.

4

ríncipe Nial, planeta Tierra

La mujer entre mis brazos echó un vistazo a mi rostro y gritó como si hubiese acabado en los brazos de una multitud de ciborgs del Enjambre. Luchó, pateando y tratando de zafarse mientras yo sentía una sensación de alivio en mi cuerpo. Conocía su rostro por los archivos del protocolo de novias que el doctor Mordin había recibido antes de su transporte. Antes de su transporte *fallido*. Esta era mi compañera, mi novia. No había lugar a dudas. Además de una confirmación visual, *sabía* que era mía. Y estaba aterrorizada, pero viva. Y era muy, muy hermosa.

El olor férrico de su sangre entró por mi nariz, haciendo que la ira invadiese mi cuerpo; furia de batalla como jamás la había sentido antes. Sin embargo, nunca antes había protegido a mi compañera. Tenía miedo y había sido herida. No tenía idea de la profundidad del daño. Necesitaría quitarle la ropa e inspeccionar cada centímetro de su cuerpo tan pronto como fuera posible.

La idea de tocarla, de explorar sus curvas, hacía que mi miembro se endureciese por toda respuesta. Recordaba el sueño de la ceremonia de unión y sabía, por instinto, lo que ella necesitaba; pero ahora no era el tiempo adecuado. Había entrado en un estado de frenesí por el peligro que corría, y no agradecí la reacción automática de mi cuerpo ante el dulce aroma de su piel y la fragancia floral de su resplandeciente cabello dorado. Los largos mechones no eran dorados oscuros, como los de la mayoría de mi gente, sino que tenía un color pálido, como luz solar fundida. Mi luz personal en la oscuridad. Sabía que solo ella podría amansar al monstruo en el que mis implantes ciborgs me tentarían a convertirme.

Hablando de monstruos, la criatura que la perseguía no respiraría por mucho tiempo más. Podía oír a los exploradores del Enjambre en mi mente hablando entre sí en esa extraña lengua de pitidos y ruido que sonaba como insectos zumbando en mi cabeza.

No había extrañado aquel sonido, pero estaba agradecido de oírlo ahora. Su ruido nos había conducido a Ander y a mí directo a ellos, y a mi compañera.

Me incliné hacia abajo y fijé mis ojos en los suyos; sus ojos eran como el cielo de su mundo, azul pálido.

—Jessica Smith, no temas. No dejaré que nada te haga daño.

—¿Cómo sabes mi nombre? ¿Eres uno de ellos?

Sus ojos estaban abiertos de par en par, dejó de luchar y su mirada se fijó rápidamente en la camisa negra, los pantalones y la chaqueta de cuero que había obtenido para ocultar mi pequeño almacén de armas terrícolas. No necesitaría esas armas, no con el ciborg explorador que venía hacia nosotros a toda velocidad. Lo haría pedazos con mis propias manos. De hecho, aguardaba su llegada con impaciencia.

Ella miró sobre su hombro, estremeciéndose, pero no entró en pánico; sus diminutas manos se envolvieron alrededor de mis enormes músculos, tirando de mí en un intento de obligarme a moverme.

—Estará aquí en... diez segundos. Nueve. Maldición. Debemos irnos.

Negué con la cabeza y la aparté con delicadeza para que estuviese detrás de mí.

—Yo no huyo del Enjambre. Lo mataré por ti.

Quizás, si la impresionaba con mi fuerza y habilidades en el combate, ella me permitiría reclamarla sin la influencia de conexión del collar de las parejas de Prillon. Nuestros collares de unión nos aguardaban en la nave del comandante, pero no me servirían de nada aquí en la Tierra. Hasta que pudiésemos transportarnos, solo tenía la ventaja de la esencia de unión en mi semen para convencer a Jessica de que me aceptara, pero para que eso funcionara, tenía que acercarme lo suficiente a ella para esparcir el fluido de mi ansioso pene en su piel.

Unos pasos sonoros interrumpieron mis ideas de follar a mi compañera y rugí, desafiando al soldado del Enjambre cuando apareció en la esquina más cercana de donde yo me encontraba. Se paró en seco, observando.

Noté cómo su conversación aumentaba en velocidad y volumen, pero no pensé en nada mientras avanzaba hacia mis enemigos.

Detrás de mí, mi compañera presionaba sus manos y su frente contra sus palmas mientras se arrodillaba en el suelo. Gimoteó, como si estuviese padeciendo un gran dolor.

Su forma de comunicación la estaba lastimando, de algún modo. Ataqué al ciborg, deseoso de partirlo en dos, pero se dio la vuelta y huyó como un cobarde. No podía perseguirlo, no con mi compañera asustada, débil y vulnerable ante cualquier ataque. Me arrodillé a su lado y sus dedos se aferraron a mi camisa, sujetándome como si realmente fuese su salvador, su compañero elegido.

Su roce y su vulnerabilidad llegaron hasta lo más profundo de mí y me propuse ganarme su confianza y afecto. Quería que se aferrase a mí por decisión y deseo propio, no por miedo al Enjambre. Quería que me tocase porque me había convertido en un anhelo para su alma, no porque fuese necesario para su supervivencia. Pero aceptaría este frágil lazo entre nosotros por ahora. Por lo menos me dejaría cuidar de ella, llevarla hacia algún lugar seguro y ocuparme de sus heridas.

Frustrado por haber perdido a mi presa, pero resuelto a cuidar de mi compañera primero, permití que el explorador se escapara, y memoricé sus facciones para cazarlo más tarde. *Moriría*; solo era cuestión de tiempo.

Inspeccioné el área para asegurarme de que no quedase ninguna amenaza antes de tomar a mi compañera en brazos. La acurruqué perfectamente contra mi pecho; no había nada más que su ropa terrícola, fina y primitiva, que impidiese que el calor de sus delicadas curvas penetrase en mi cuerpo, repentinamente frío. Bajando mi rostro al nivel de sus pechos, aspiré el cálido aroma de su piel, y su piel encendió una llama en mi cuerpo que apenas podía controlar. Mi polla se endureció dolorosamente y gruñí a modo de advertencia mientras ella se revolvía, pateándome con sus piernas. Presioné mis labios contra la curva de su pecho y ella se paralizó.

—¿Qué rayos haces? ¡Bájame!

Reacio a apartarme de aquellas suaves esferas, me obligué a alzar mi cabeza. Ignoré sus protestas y comencé a andar hacia el punto de encuentro que Ander y yo habíamos acordado, en un parque cercano. Allí habíamos posicionado el vehículo de la guardiana Egara. Cuando llegamos al centro de transporte, la guardiana nos había ayudado a obtener ropajes y dispositivos de comunicación primitivos a los que los humanos llamaban teléfonos móviles. El mío estaba en el bolsillo de mi chaqueta, en donde sonaba.

Toqué el extraño dispositivo que la guardiana había programado para nosotros, lo coloqué en mi oído y aguardé hasta oír el cambio de sonido que sabía significaba que el dispositivo de comunicación había sido activado.

—Habla.

La voz de Ander llegó desde el otro lado, claramente.

—Dos exploradores del Enjambre estaban en la residencia del hombre humano. Los maté a ambos.

—Bien. Conseguí uno caminando, pero no pude perseguirlo.

—Regresará aquí a por los otros. Aguardaré su regreso y rastrearé su nave.

La voz grave de Ander entraba con claridad a través del silencioso aire y mi compañera había dejado de moverse para oír nuestra conversación.

—Bien. Encuentra su nave y asegúrate de que esté muerto. Llévate su procesador central. Quiero saber lo que hacían en la Tierra.

—Lo partiré en dos, como hice con los demás.

Envidiaba la arrogante satisfacción que oía en la voz de Ander. Había experimentado el inmenso deleite de hacer trizas el cuerpo de un explorador. Quería ese alivio, lo deseaba. Nada que no fuese la completa aniquilación de un enemigo calmaría la ira de batalla que corría por mis venas.

O follar como una bestia salvaje con una mujer complaciente; sacando la ira de mi cuerpo por medio del sexo con despiadadas embestidas en un coño húmedo y deseoso...

Mi compañera se movió, tomando aire rápidamente, y yo la miré; los pensamientos sexuales fueron reemplazados con sorpresa cuando habló.

—Quema los cuerpos. Deben ser destruidos. También su nave.

Mis ojos se abrieron al oír sus palabras.

—¿Por qué?

Destruir cuerpos del Enjambre era un proceso largo y complejo. Sus partes de metal podían tomar horas en derretirse sin los incineradores adecuados. La nave no era ningún problema. Si no tenía opción de autodestruirse, entonces simplemente lanzaríamos la nave en una trayectoria de colisión con la estrella de la Tierra, en donde sería incinerada de inmediato. Si la nave del Enjambre estaba cerca, podríamos meter dentro los cuerpos y enviarlos a todos a una abrasadora destrucción.

—Para que mi gente no obtenga su tecnología. Nuestros científicos son inteligentes. Pueden hacer ingeniería inversa con cualquier cosa. Esas *cosas* tienen que ser destruidas por completo.

Suspiré, resignado a confiar en el juicio de nuestra compañera. La Tierra era un nuevo miembro de la coalición, y todavía se la consideraba como un planeta primitivo. Todavía no se les había dado total acceso a las armas o tecnología de la coalición. De hecho, mi presencia en el planeta violaba el acuerdo de la coalición para proteger a la Tierra del Enjambre. La Tierra estaba fuera de límites para cualquier tipo de viaje, puesto que los políticos y científicos de la coalición trabajaban con los gobiernos de la Tierra. A los humanos les costaba trabajo reconocer que eran un mundo pequeño e insignificante en medio de doscientos sistemas planetarios. Los seres humanos eran pequeños, y aun así peleaban unos con otros, menospreciaban a sus mujeres y no tenían respeto por su planeta.

—Tienes razón, Jessica Smith. No se puede confiar en los humanos.

Darles acceso a los gobiernos humanos a la tecnología del Enjambre sería peligroso. Los humanos no dejarían de matarse entre sí, a pesar de la amenaza ciborg. No estaban listos para tener más poder.

Pinché un lugar en mi camisa.

—He abierto la comunicación para que Jessica pueda oírte, Ander. Como ha dicho, mete los cuerpos en su nave y envíala hacia su estrella. No dejes nada que puedan encontrar sus científicos.

La voz de Ander llegó a través de un diminuto altavoz integrado en mi camisa.

—¿Quién es esta mujer que le da órdenes a guerreros de Prillon?

Jessica se quedó sin aliento cuando oyó la pregunta de Ander, pero eso no sería nada en comparación con el asombro que sabía que causarían mis palabras.

—Nuestra compañera.

El silencio de Ander duró pocos segundos, pero el pulso de Jessica, que había comenzado a desacelerarse, se intensificó una vez más cuando él se dirigió directamente hacia ella.

—Saludos, compañera. Yo soy Ander, tu segundo; destruir a tus enemigos es mi deber y mi privilegio. Luego me uniré a ti. Tu placer será la sola recompensa que buscaré al separar sus cabezas de sus cuerpos.

¿En qué momento mi segundo se había convertido en poeta?

Miré a Jessica para evaluar su reacción al solemne juramento de Ander. Su rostro era una máscara de confusión.

Un grupo de cazadores del Enjambre trataron de asesinarla. Ahora la sujetaba —yo no lucía menos amenazante que los ciborgs del Enjambre— y había dicho que era nuestra compañera. Ander iba a matar a sus enemigos y había afirmado que tocar su cuerpo y darle placer sería su recompensa. Era demasiado por asimilar, incluso para una mujer de Prillon. ¿Pero una mujer terrícola? Estaba sorprendido de que no hubiese perdido el conocimiento.

Sus palabras la habían afectado, pero no de la manera que había esperado. Olfateé su excitación con tanta claridad como la sangre de sus heridas. El aroma de su coño húmedo era como una droga en mi sistema, que desembocaba directamente en mi dura polla. Si no estuviera herida, la tomaría aquí y ahora. La haría mía para siempre.

Se mordió su labio, y me sentí impaciente por saborearla; traté, con dificultad, de concentrarme en sus palabras mientras hablaba.

—No comprendo lo que está sucediendo.

Sí, tal y como había esperado.

Frunció el ceño, sus cejas se unieron de un modo adorable que ya había visto en el rostro de la señora Deston cuando discutía con sus compañeros. Quería inclinarme y delinear la arruga entre sus cejas con mis labios, pero me mantuve quieto mientras me inspeccionaba con vigor renovado.

—Luces como ellos. ¿Quiénes sois? ¿Por qué han matado a Clyde? ¿Qué es el procesador central? ¿Y por qué tu amigo habla de ser segundo? ¿Qué demonios significa eso? Y también el juramento de matar a mis enemigos. No conozco a ningún alienígena, y mucho menos tengo enemigos entre ellos. ¿Y su recompensa? No la conozco, ¿por qué habla sobre darme placer y... —

su voz se interrumpió, mientras fijaba sus ojos en los míos—

...follar?

Sospeché que podía ver mi deseo de follarla en mis ojos, pues no hice nada para esconderme de ella. Necesitaba notar de inmediato la conexión que teníamos, la necesidad casi desesperante que sentía por ella. El programa de emparejamiento era sorprendente, de verdad, pues no tenía ni una sola duda de que fuese mi compañera. Lo sentí cuando la vi. Y lo confirmé con la sensación al tenerla en brazos. Nuestra conexión estaría completa cuando tuviéramos nuestra ceremonia de unión. No necesitaba un collar físico alrededor de mi cuello vinculándome a ella para saber que teníamos un lazo, que debíamos estar juntos. Solo lo sentía, y eso era verdaderamente asombroso.

Por los dioses, quería enterrar mi pene en lo más profundo de su cuerpo y hacerla gritar. Quería ver sus pechos temblar y agitarse. Quería que no tuviese ningún pensamiento en su mente mientras la hacía correrse una y otra vez. Necesitaba que su coño estuviese empapado, mi lengua en lo más dentro de ella, mis dedos explorando su culo mientras la hacía gemir, suplicar y rendirse ante mí.

—Sí, follar. Eso también.

Había olvidado a Ander por completo al otro lado de la conversación hasta que su suave respuesta le hizo gruñir con deseo. Sus ojos se abrieron de par en par, pero Ander se recuperó rápidamente, y su voz volvió a oírse con claridad a través del auricular.

—Coge el vehículo y cuida a nuestra compañera. Eliminaré la amenaza y te veré en el centro de transporte.

Colgó la llamada, y le ordené a mi polla que desistiese. Mi compañera estaba en mis brazos y estaba sangrando. Le enseñaría su nuevo rol luego de que hubiese atendido sus heridas y balancearía sus lecciones con placer.

Ander había sido una sabia elección como mi segundo. Era intrépido y poderoso, y sabía que su compromiso con Jessica significaba que realmente sería exhaustivo al ocuparse de sus enemigos. Confiaba en que eliminaría los cuerpos de los ciborgs y su nave. No nos atrevíamos a intentar tomar el control de su nave, pues su programación era demasiado compleja para que pudiésemos contrarrestarla, y acabaríamos en manos del Enjambre.

Nunca más. Preferiría morir antes de permitir que otro miembro de su raza me tocara.

No, Ander destruiría su nave y yo llevaría a nuestra compañera al centro de procesamiento de novias humanas y con la guardiana Egara. Si mi padre todavía no había bloqueado las estaciones de transmisión de transporte espacial, como esperaba, entonces tendría a mi compañera sana y salva a bordo de la nave del comandante Deston en cuestión de horas.

Aumenté mi velocidad hasta andar con un ligero trote, pues no me interesaba que nadie me viese —mitad hombre, mita máquina, al menos para los terrícolas— pero la noche estaba tranquila. Pasé como una sombra por medio de una comunidad de unidades residenciales ordenadas en una larga fila. Los autos, el vehículo preferido de la Tierra, bordeaban las calles. Grandes árboles cubrían la luna de la Tierra, por lo que solo algunas luces conectadas a las entradas frontales de las unidades residenciales iluminaban la noche.

El aire era cálido, similar a la temperatura de la nave climatizada, pero aquí era húmedo. El aire tenía humedad, lo cual era... extraño. No tenía pensado quedarme en la Tierra lo suficiente para profundizar en esta curiosidad. En lo que quería profundizar era en...

Jessica gritó y yo bajé la mirada para verla. Mis pasos la empujaban, causándole dolor. Me detuve, preparado para ponerla sobre el suelo, quitarle toda la ropa y aplicar vendajes en sus heridas si era necesario.

—Puedo oler tu sangre, compañera.

Sacudió la cabeza contra mi pecho.

—¿La hueles? —preguntó, sorprendida.

¿Es que no todos podían percibir la sangre de sus compañeros? ¿O era solo yo, por las modificaciones del Enjambre?

—Es solo un rasguño. He tenido peores. Puedes bajarme ahora. De verdad, por favor. Gracias por tu ayuda, pero puedes irte.

Sus dedos temblaban y yo fruncí el ceño, tratando de imaginar las circunstancias en las cuales una mujer sufriría heridas tan severas que sangrar a través de su ropa —pues su hombro ahora se sentía pegajoso y húmedo con sangre seca— era considerado algo tan insignificante.

—¿Irme? Tú iras a donde yo vaya, compañera. Puedo cuidar de ti ahora. Es mi deber garantizar que estés bien.

Negó con la cabeza nuevamente.

—No. Puede esperar. Solo... solo bájame. Necesito irme de aquí antes de que más de esas... *cosas* regresen.

Se aferró al extraño objeto negro que colgaba de su cuello. Supe que era alguna especie de telescopio o lente cuando lo vi, pero como no consideraba que el dispositivo fuese un arma, lo había ignorado hasta ahora. Si fuese un arma, seguramente la habría usado contra el explorador del Enjambre que la estaba persiguiendo. Mis brazos se aferraron a sus curvas. No la soltaría. Jamás. Pero comprendía su miedo e hice lo mejor que pude para tranquilizarla y darle seguridad.

—Ander los destruirá. No necesitas tener miedo. Ellos no vendrán por ti de nuevo.

—¿Ellos? ¿Qué *son*?

Me puse rígido, esperando que preguntase "¿qué eres?". Pero no lo había hecho. De algún modo percibió que no era un peligro para ella. Percibió que era su compañero, su pareja perfecta, pero dudaba que lo creyera; por lo menos, todavía no.

—Te explicaré todo, pero no aquí, no ahora.

Apartó su mirada, negándose a verme a los ojos mientras sus manos acunaban la caja negra que colgaba de su cuello.

—Aún necesito irme. Por favor, no necesito que te inmiscuyas en mis problemas. Confía en mí. Esas cosas no son los únicos monstruos aquí que me quieren muerta.

Mi compañera tenía muchos secretos y me sentía intrigado.

—¿Monstruos? ¿Son como enemigos?

Asintió.

—Compañera, si tienes enemigos, no necesitas hacer más que nombrarlos. Los eliminaré de inmediato.

Sacudió su cabeza y suspiró.

—No puedes ir por allí matando personas porque sí.

—Sí, puedo.

La seguridad en mi voz hizo que sus ojos se abrieran de par en par.

—Los humanos son pequeños y débiles. Los huesos humanos son finos y se quiebran como ramas.

Esta mujer necesitaba protección. Estaba asustada y era pequeña. Frágil. Hermosa, pero débil.

—Sería mi más grande honor poder destruir a tus *monstruos* mientras Ander se encarga de los demás.

Entonces me sonrió de verdad, como si estuviera bromeando.

—Ese no es el punto.

—Dime el nombre de tus enemigos, mujer. Los destruiré.

La frustración reemplazó al orgullo y supe que había fruncido el ceño. ¿Por qué me negaría el derecho a protegerla? ¿No era digno de este básico regalo?

Se inclinó en mis brazos, doblando su cuello mientras descansaba su cabeza contra mi hombro para observarme.

—¿Es que este Rambo es real? ¿Quién eres tú, exactamente, y por qué me llamas compañera? ¿Eres de Australia o algo así? Pues estás bastante lejos de casa.

Empujó mi hombro.

—Bájame. No soy una muñeca.

—No soy del continente de Australia. Soy el príncipe Nial de Prillon Prime, tu pareja asignada.

Su cuerpo se paralizó, sus ojos estaban bien abiertos, con una expresión que no podía indicar.

—Pero... pero... ¿Es esto una broma? Porque no es gracioso.

Sonreí al oír su tono resuelto, bajé mi cabeza hasta que nuestros labios casi se tocaban y susurré:

—No eres el juguete de un niño, pero yo puedo jugar contigo y yo te reclamaré. Eres suave y curvada. Tu aroma hace que mi polla se endurezca y mi cabeza dé vueltas. Huelo tu coño y estoy complacido de que te hayas humedecido al oír la promesa de tu segundo de eliminar a tus enemigos. Yo también te pido el derecho a protegerte y cuidarte, justo como tú quieres ser cuidada y protegida. Eres una compañera digna. Has sido emparejada y reclamada, Jessica. ¿Recuerdas el sueño de la ceremonia de unión, en el que los dos hombres dominaban a su compañera? Por tu mirada puedo darme cuenta de que sabes de lo que te hablo. Eso fue lo que nos ha emparejado. Sé lo que necesitas. Ander ayudará a conseguirlo. Juntos te daremos placer. He viajado desde el otro lado de la galaxia para buscarte, compañera. No te dejaré ir. *Eres mía.*

Jessica Smith abrió su boca para discutir, pero la besé de la manera en la que pensaba follarla, dura, rápida y profundamente. No le di ninguna oportunidad para recobrar el aliento. No quería que respirase. Quería que sintiese, que estuviese hambrienta, que se sometiese.

5

Jessica

JODER, este hombre sabía cómo besar. No fue un simple roce de sus labios sobre los míos. No fue breve. Era el beso, como había dicho, de alguien que había viajado desde el otro lado de la galaxia para reclamarme. Había venido de Prillon Prime solo por mí y por este beso. Cada pizca de energía la concentraba en mi boca. Presionaba sus labios contra los míos con la urgencia de un hombre privado.

Quizás lo era, pues a él también le habían negado su compañera. La orden personal del Prime lo había mantenido alejado de mí, pero también a mí de él. Sabía que me quería por la manera en la que su lengua se hundía en mi boca y se unía con la mía. Sabía a alguna especie exótica, foránea y, sin embargo, tan absolutamente familiar que hacía que mi corazón se detuviese. Prácticamente me derretí en sus brazos, entregándome al beso. Entregándome a él.

No tenía idea de cuánto había durado el beso. Todo lo que sabía era que en mi cuerpo comenzaba a subir la temperatura, mucho más que con cualquier novio que hubiese tenido, ¡y todo por un beso! Incluso el leve dolor de mis heridas agregaba más emociones a mis nervios sobrecargados. Sorprendentemente, el dolor me despertó y me hizo querer más.

Desafortunadamente, él no me daría más. No en aquel momento, en medio de la calle, con la sangre corriendo por mi espalda y un príncipe alienígena cargándome como si fuese la cosa más valiosa en todo el universo.

Era enorme, tan enorme como un jugador de fútbol profesional. Iba vestido como un chico malo cliché, un motociclista, con chaqueta de cuero negro y una camisa negra apretada que me hacía querer arrancársela y pasar mi lengua por su descomunal pecho y hombros. Su ropa era ajustada, como si fuese una segunda piel.

Jamás de los jamases hubiese imaginado que era un alienígena, pero ahora que había visto su rostro, sus facciones ligeramente pronunciadas, el extraño brillo metálico en un lado de su cara y su cuello, no podía creer que no lo hubiese adivinado de inmediato. Su piel era dorada; su cabello y uno de sus ojos de un color dorado oscuro; el otro ojo era algo más claro, como si usara una lentilla plateada. El extraño tono de su piel desapareció debajo del cuello de su camisa y me pregunté si esa piel se sentiría diferente, y cuántas partes de su cuerpo estarían coloradas con aquella piel pálida. El color no era llamativo, pero parecía como si hubiese usado spray con purpurina y los destellos hubiesen quedado incrustados, de alguna manera, en su piel.

Quería probarlo.

Las líneas de sus músculos me hacían sentir pequeña, débil y muy, muy femenina. Eso era algo a lo que no estaba habituada, ni siquiera con mi altura de casi un metro ochenta.

Quizás era su tamaño lo que me hacía querer derretirme en sus brazos, pero probablemente mi nueva debilidad era a causa de aquel beso quita bragas.

Guiándome por la expresión en su ojo cuando apartó su cabeza, no quería que el beso se acabara, como yo. Este no era el lugar adecuado y, mientras miraba a su alrededor, evaluando nuestros alrededores, lo supo.

Llegamos a su coche demasiado pronto, y me colocó sobre el asiento de pasajeros del pequeño sedán, ajustándome el cinturón y preocupándose como si fuera una cría, no una mujer adulta completamente capaz de cuidarse a sí misma. No discutí cuando sus enormes manos tocaron mi estómago y caderas mientras me abrochaba el cinturón. La calidez de sus manos era suficiente para apartar el frío que atacaba a mis extremidades.

La adrenalina que había sentido al casi haber sido asesinada por las criaturas alienígenas estaba esfumándose, y sabía que ya vendría el golpe. Mis heridas dolían, palpitaban con cada latido de mi corazón. Mis músculos se sentían débiles y temblorosos, y tenía que concentrarme en respirar honda y pausadamente. Mis manos temblaban y yo tenía escalofríos; repentinamente me sentía tan fría como el hielo.

Cerró la puerta y se dirigió hasta el lado del conductor del coche. Me desternillé de la risa mientras él intentaba acomodar su enorme cuerpo delante del diminuto volante de un coche que era, obviamente, demasiado pequeño para su tamaño. Un gel aromático estaba fijado en los ductos de aire, un pendiente de ángel de la guarda colgaba del retrovisor, y el coche olía a lavanda.

—¿De quién es este coche?

—La guardiana Egara nos dio su vehículo cuando llegamos.

Encendió el motor y la calefacción. Gracias a los cielos. Mis dientes comenzaban a castañetear ahora que no tenía ni sus fuertes brazos, ni su calidez rodeándome.

—¿Ha sido ella también quien te ha dado los móviles y los audífonos? —me pregunté, apoyándome contra el reposacabezas y volviéndome para mirarlo.

—Eres observadora, novia mía. Y sí, ha sido ella quien me ha dado estos dispositivos de comunicación primitivos.

Sonrió y puso el coche en marcha. No estábamos lejos del centro de procesamiento de novias, si era allí a donde planeaba llevarme. No me importaba a dónde íbamos de momento. Parecía no tener intenciones de lastimarme, lo cual era mucho mejor que la mayoría de los hombres que andaban por esta ciudad. Si Clyde supo sobre mis investigaciones, entonces los demás también. Nadie me buscaría en el centro de procesamiento, pues nadie sabía que había estado allí antes, así que era una buena opción de escondite. Después de mi última interacción con la guardiana Egara, confiaba en ella lo suficiente para, por lo menos, dejar que le echara un vistazo a mis heridas.

Ir a un hospital estaba descartado. Estaría muerta antes de que registraran la información de mi seguro en su sistema informático. El cártel tenía ojos y oídos en todos lados. Con Clyde muerto, no tenía que preocuparme que les dijese a sus colegas del cártel que todavía estaba en la Tierra; pero tan pronto como apareciese en el sistema del hospital, vendrían a por mí. Yo sabía demasiado.

Cerré los ojos y apoyé mi cabeza contra el marco de la puerta, demasiado cansada emocionalmente para hacer otra cosa que no fuese cerrar los ojos y tratar de descifrar lo que estaba sucediendo. La muerte de Clyde me dolía, pero no tanto como su traición. Todavía estaba procesando aquello y el dolor, el sentimiento de inocencia perdida me hacía querer llorar. Había sido como un padre para mí y había confiado en él por completo. Ahora me sentía como una tonta, como la pequeña niña idiota que había admirado a su padre con completa confianza porque era demasiado ingenua, demasiado joven e inexperta para reconocer que el hombre que le daba su mano era un monstruo.

Clyde había sido mi oficial superior por dos años. Me había tomado bajo su ala, me entrenó para disparar y protegerme a mí misma, me animaba a sentirme invencible, a luchar. Me había hecho creer que estábamos haciendo algo bueno y justo para el mundo, que estábamos marcando la diferencia en la lucha entre el bien y el mal. Y durante todo ese tiempo me había estado mintiendo. Durante todo ese tiempo era un demonio disfrazado, y yo no quise ver la verdad.

Mientras aquel pensamiento crepitaba en mi mente el dolor se intensificó, como un cuchillo retorciéndose en mi estómago. ¿Cómo había podido ser tan perverso? ¿Por qué no lo había visto venir? Debía haberlo sabido. Debí haber sospechado, por lo menos. Quizás lo había hecho y simplemente estaba en negación.

¿Había sido tan débil, tan dependiente, que había pasado por alto los indicios?

Siempre había confiado en mis instintos, pero esta vez me habían traicionado. Eso me conmocionaba más que cualquier otra cosa. Sentía como si estuviese de pie sobre un terreno inestable, y no me gustaba aquello. Ni una pizca.

Clyde estaba muerto, a manos del Enjambre. Había sido rescatada por mi compañero asignado y su segundo, Ander. ¡Mi compañero! Su llegada, la presencia del hombre perfecto para mí entre todos los del universo, ahora era preocupante. Me estaba llevando de paseo y estaba completamente a su merced.

¡Y su apariencia! Era mucho más alto que cualquier hombre humano que hubiese conocido, y más definido. Simplemente... más. Notó que estaba observándolo, y sus ojos se entrecerraron antes de poner su atención en el camino nuevamente.

—No te preocupes. La tecnología ciborg no te contaminará.

—¿Qué?

¿Contaminarme? ¿Había enloquecido? ¿Había tomado la decisión equivocada entrando en el coche? Podía saltar cuando se detuviese en algún semáforo, pero me atraparía. No había lugar a dudas de que era más grande, más fuerte, estaba más en forma y definitivamente mucho más enfocado en mí.

Hizo una mueca, giró el volante con sus manos hasta que en realidad pareció que se doblaría.

—La tecnología del Enjambre que ves no te hará daño.

—¿De qué hablas? ¿De lo plateado?

Su mirada se posó sobre la mía como si estuviese sorprendido por mi respuesta, pero honestamente no tenía idea de lo que estaba diciendo.

—Sí. Cuando fui capturado por el Enjambre, sus equipos de implantes me torturaron durante horas. La mayor parte de lo que me hicieron ha sido removido. Lo que ves ahora es permanente. También tengo su marca en mi hombro, a lo largo de mi espalda y en mi pierna.

En realidad, comenzaba a sentir pena por él. El Enjambre le había hecho bastantes modificaciones. Había oído demasiadas historias sobre la tortura y el sufrimiento de los soldados en las líneas enemigas. Y sabía de primera mano que algunas cicatrices no estaban en la superficie.

—¿Es peligroso?

—No.

—¿Duele?

—No.

—Vale. —Me encogí de hombros y centré de nuevo mi atención en la vía—. ¿Y qué? ¿Te hace súper rápido o increíblemente fuerte? ¿Hace que te sanes rápidamente o te da algún tipo de ventaja en una pelea?

Me estremecí, preguntándome qué cosas increíbles podría hacer con un montón de implantes ciborg. Sería como la mujer biónica quintuplicada. Podría comprar un disfraz y hacer que toda esa cosa de los superhéroes fuese real. Eso sería bastante genial. Me vestiría toda de negro y derrotaría a los tipos malos en la oscuridad.

Permaneció en silencio por tanto tiempo que me volví para mirarlo.

—Sí. Soy mucho más fuerte que la mayoría de los guerreros. Los implantes también aumentan mi velocidad de reacción.

Me estaba observando con una expresión confundida en el rostro.

—Haces preguntas extrañas. ¿No me temes, acaso?

Estallé en risas. Estaba sentada en su coche y un monstruo alienígena que intentaba matarme ya me había disparado y perseguido.

—Eres la cosa menos terrorífica con la que he tenido que lidiar en días.

Frunció el ceño y aparté la mirada para ver los árboles pasar fuera de mi ventana.

Perfecto. Por supuesto que de algún modo lo había insultado. Lo había conocido por diez minutos y ya había metido la pata hasta el fondo. Ya me había rechazado antes. ¿Por qué estaba aquí ahora? Antes me había dejado varada en aquella silla de examinación en el centro de procesamiento y había rechazado mi transporte. Había sentido euforia y emoción, anticipación por conocerlo. ¿Pero ahora? Ahora no sentía alivio. Ni esperanzas. Me sentía lastimada. Traicionada.

¿Por qué venir a por mí ahora? ¿Qué había cambiado? ¿No había alguien que fuese mejor para él? Quería saber la respuesta, pero el orgullo me impedía hacer la pregunta. No solo *él* estaba aquí, ¿sino que quién demonios era este Ander? ¿Un segundo? ¿Qué significaba eso? ¿Y por qué este extraño alienígena, Ander, estaba tan obsesionado conmigo —jamás lo había conocido— que estaba dispuesto a matar por mí y luego presumir de ello?

Lo que me molestaba más era, ¿por qué rayos me ponía caliente eso? Normalmente no me sentía atraída por los hombres en extremo varoniles. Cielos, ni siquiera salía mucho con hombres. Normalmente me sentía perfectamente feliz cuidando de mí misma. Por mi experiencia, los hombres eran demasiado egoístas para tratar con una mujer fuerte. Querían a colegialas quejumbrosas y atontadas que los toquetearan y dijeran lo maravillosos que eran en la cama, lo fuerte y guapos que eran, y todos los demás cumplidos constantes que, al parecer, los hombres de mente débil necesitaban oír.

No tenía tiempo para aquello. Había sido un soldado por cuatro años. Mi padre era un policía, había muerto por una venta de drogas que salió mal cuando yo tenía dieciséis. Mi madre murió de cáncer cuatro años después. Había crecido sin hermanos ni vendas en los ojos. Sabía lo que era, y yo *no* era una mujer por la que un hombre —o alienígena— viajaría desde el otro lado de la galaxia. Cielos, ningún hombre había conducido desde el otro lado de la ciudad para verme siquiera. Mis padres habían vivido en el mundo real. Sabía sobre drogas, prostitución y corrupción antes de cumplir diez años. Por esto, sabía lo importante que realmente era la lucha por la justicia.

Sin personas buenas que lucharan por el mundo, este se iría al infierno en picada. Podía ver la corrupción, la maldad desgarrando los finos hilos de la sociedad. Saber que eran hombres como Clyde los que empeoraban todo me hacía hervir de ira y frustración. Había sido una luchadora. Había rastreado dinero de drogas, escrito artículos desenmascarando a la corrupción en cada nivel y me había negado a ser sobornada.

¿Mi recompensa? Me habían inculpado, me encontraron culpable y me sentenciaron a cumplir una sentencia durante toda mi vida como la novia de un guerrero alienígena que nunca había conocido.

Hasta que él no me había querido. Sí, yo era extraña. Obstinada. De carácter fuerte. Demasiado alta, demasiado grande y demasiado directa. Me había unido al ejército para aprender cómo luchar usando mi cuerpo y había ido a la universidad para aprender a luchar usando mi mente. No jugaba limpio, no mentía y no toleraba estupideces de parte de ningún hombre. Nunca.

Este tipo apareció, su amigo y él actuaban como cavernícolas, llegaron para salvarme de los hombres malos, ¿y yo me mojaba y me excitaba?

¿Qué demonios andaba mal conmigo? No necesitaba que un hombre me rescatara. No necesitaba a un hombre para nada. Ni siquiera para tener sexo, no cuando un confiable vibrador podía hacer el trabajo. Excepto por aquel beso…

—Me estoy volviendo loca.

—Estás herida y en shock. No te preocupes, compañera, tu mente está intacta.

Vale, señor alienígena sexy.

—¿Eso ha sido literal?

—No comprendo tu pregunta.

—Olvídalo. ¿Qué eran esas cosas, exactamente?

Volviendo mi cabeza, abrí mis ojos para analizar al hombre que me había rescatado de una cierta captura. Su rostro era firme, sus facciones levemente más angulares que las de un humano; pero de ninguna manera eran menos atractivas. Ocupaba el pequeño espacio dentro del coche como una montaña que había sido metida dentro de un dedal, pero conducía el coche con una habilidad que hallé fascinante, pues estaba segura de que jamás había conducido un coche antes de venir a la Tierra.

No importaba que ver sus fuertes manos evocase en mí imágenes de él usándolas para tocarme, para introducir aquellos largos dedos dentro de mi cuerpo y hacerme correr en él. ¿Y ese beso? Quería más. Maldición, cualquier mujer consciente querría más. Era enorme, sólido, y me hacía sentir cosas que nunca había sentido antes, como admiración. Respeto. Y era mitad máquina. Según lo que acababa de decir sobre haber sido capturado por el Enjambre y haber sido utilizado como algún tipo de experimento, era, y sería por siempre, mitad máquina. La sola idea de esto era una locura.

Aun así, era hermoso, musculoso, y enorme; lo suficientemente grande para hacerme pensar que podría forcejear con un oso pardo usando sus manos solamente y salir ganando. El extraño resplandor de algunas partes de su piel era como un faro que guiaba a mis dedos. Quería tocarlo, explorarlo y comparar la diferencia en su cuerpo, saborear la piel que lo hacía ser más fuerte y rápido que los otros de su raza. Era posible que el Enjambre estuviese tratando de crear un arma que pudiesen usar, pero en vez de aquello habían creado un enemigo formidable.

Y eso me hacía querer subir a su regazo y reclamar una parte de él, también. La sola idea de él tocando a otra mujer, llevándola en brazos, comprometiéndose a matar por ella, protegiéndola, hablando de follarla... me sacaba de quicio. Todavía no estaba segura de lo que quería de él. Pero pensar en otra mujer tocándole era completamente inaceptable.

Además de mi reacción ante su terriblemente sensual apariencia y tamaño, lo que significaba que la cálida humedad de mis bragas me tildaba de superficial, frívola y caliente, él también me hacía sentir... segura.

Me hacía sentirme protegida y segura, así como lo había hecho mi padre antes de ser asesinado. Entonces, cuando lo mataron a tiros había aprendido mi primera realidad —nadie estaba nunca a salvo y ningún hombre sería lo suficientemente fuerte para protegerme—. Así que aparté esos sentimientos que él hacía brotar en mí, porque no necesitaba a un hombre. Ese era mi mantra. *No necesitaba a un hombre.*

Gracias a Dios que Nial empezó a hablar, porque mientras pensaba en lo mucho que no necesitaba a un hombre, mi libido estaba pensando en quedarse con él para recibir otro de esos besos ridículamente ardientes y fuera de serie. Mi sexo se humedeció de nuevo pensando en la manera en que mis labios sentían un cosquilleo todavía, y sabía que podía olerlo. Cómo, no tenía idea, pero sus fosas nasales se hincharon y se volvió hacia mí; sus ojos me abrasaban en mi asiento antes de volverse a posar en el camino.

No podía pensar en las desquiciadas reacciones que tenía ante un hombre mitad máquina. Anhelaba tenerlo con desesperación. Esta necesidad, este deseo, me recordaba a la lujuria que había sentido cuando estaba drogada con bomba C, y jamás había querido ser adicta a algo, ni siquiera a un hombre.

¿O sí? ¿Era esto lo que se sentía al tener un compañero? ¿Adicción a ellos? ¿Siempre querer sentir sus caricias, desear su atención? En tal caso, no estaba segura de que me gustase.

—Las criaturas con las que te has topado eran exploradores del Enjambre —dijo, interrumpiendo mis pensamientos—. No sé por qué estaban aquí.

Había olvidado mi pregunta.

—¿El Enjambre? —pregunté—. ¿La raza alienígena que hizo que la Tierra tuviese que unirse a la coalición?

Había leído todo lo que podía por cualquier medio necesario —fuese legal o no— sobre el Enjambre. En general, la gente de la Tierra sabía lo que se le había dicho. Una raza alienígena estaba lista para atacar y la Coalición Interestelar de Planetas había intervenido y ofrecido protección a nuestro planeta a cambio de soldados y novias. A la coalición no le importaba de donde proviniesen los reclutas, solo les importaba que se alcanzara la cuota. A los alienígenas no les importaba que los líderes de la Tierra decidieran enviar a criminales convictas, como yo, para ser novias. Además de la protección por parte de la coalición, los líderes de la Tierra estaban complacidos de deshacerse de las peores escorias de la sociedad.

Puesto que había sido rechazada por mi compañero, claramente los alienígenas tenían estándares más altos en estos tiempos. Aceptarían a una ladrona. ¿A una asesina? Sin problemas. ¿Pero a mí? No. Me dejaba desconcertada y dolía más que cualquier herida que hubiera recibido en la batalla.

—¿Por qué estaría el Enjambre aquí?

El fuerte tono de mi voz se debía, parcialmente, al persistente dolor del rechazo.

—Si bien te... hicieron todo eso —levanté mi mano en su dirección—. A nosotros no nos han hecho nada aquí en la Tierra.

La Tierra estaba enviando novias y soldados, como se le había prometido a la coalición a cambio de permanecer a salvo del Enjambre. Si el ejército alienígena no estaba haciendo su trabajo y manteniendo al Enjambre lejos de nosotros, la gente de la Tierra debía saberlo.

Pasé el cinturón por encima de mi cuello y coloqué mi preciada cámara, junto con la evidencia que contenía, en el piso, entre mis pies. Supuse que estaba sacándolo de quicio, pero no me importaba demasiado. Acababa de ser disparada por un querido amigo, y una de esas *cosas* me había perseguido. El explorador del Enjambre —lo que fuera que eso significara— había querido llevarme a algo llamado la base. ¿Por qué?

—Haces demasiadas preguntas, compañera.

—No soy tu compañera —repliqué—. Responde la pregunta.

¡Me gruñó! Gruñó en serio; sus ojos relucían mientras retiraba una mano del volante para meterla dentro de sus pantalones. Acarició su miembro una, dos y tres veces antes de sacar la mano y estirarla en mi dirección.

¡Puaj! ¿Qué demonios?

Me moví para alejarme de su enorme mano, pero no había sitio a donde ir en el diminuto coche, y él era colosal. Tomó mi antebrazo y sentí un rastro de humedad deslizándose por mi piel. ¡Qué asco! ¿Qué rayos estaba haciendo?

Tiré de su brazo, tratando de evitar el contacto con este pervertido, pero su agarre era como tenazas. Era delicado, pero no iba a soltarme. Por alguna razón absurda, estaba evitando que me limpiara su líquido preseminal de mi piel. Eso era lo que era, tenía que serlo.

—¿Qué demonios haces? —grité.

—Compartiendo mi esencia con mi compañera.

—¿Estás loco o eres un completo pervertido? Sí, ese beso fue maravilloso y todo, pero la mayoría de los hombres no se corren frente a una mujer que no conocen. Así que lo pregunté una vez más. ¿Qué demonios?

En vez de responderme me dirigió una sonrisa. La mirada que me ofrecía me asustaba más que cualquier otra cosa que había visto ese día. Era una expresión de posesión total y absoluta.

—Me aseguro de que sepas a quién le perteneces.

Jessica

—Yo...

Estaba preparada para pararle los pies, porque eso había sido en verdad la cosa más arrogante, dominante y prepotente que había oído; y había estado en el ejército antes. ¿Quién le había dado el derecho de hablarme de ese modo? ¿Quién demonios le dio el derecho de tocarme de ese modo? Se había corrido y —aunque aquello probaba que me hallaba deseable— me había tocado con su líquido preseminal. Era asqueroso, y extraño, y definitivamente pervertido, y...

La húmeda sensación en mi brazo se convirtió en un calor vibrante que parecía invadir mi torrente sanguíneo y dirigirse directamente a mi médula. Mis pezones se endurecieron y mi sexo se contrajo, súbitamente desesperado por sentir algo llenándolo. El deseo recorría mi cuerpo como una dosis de bomba C, y me relamí los labios, jadeando antes de darme cuenta de que había estado observando sus labios por varios minutos. Sentía ansias en todo mi cuerpo. Por él. Solo por él. Su firme agarre, que hacía algunos momentos se sentía restrictivo y confinado, ahora era... seguro.

Curiosamente podía olerle; el aroma era extrañamente silvestre, haciendo que quisiera subir sobre su regazo y lamer todo su cuerpo. Quería su polla en mi boca. Quería...

Fijé mi mirada en el peculiar bulto en sus pantalones, porque lo deseaba tanto. Apreté mi femineidad con una absurda anticipación y deseo de sentir su pene colmándome.

—¿Qué demonios me has hecho? ¿Estás tratando de drogarme? Usar bomba C para conseguir a una chica no es el mejor camino a seguir.

Su mirada danzó sobre mí antes de soltarme, colocando sus dos manos nuevamente en el volante.

—No sé lo que es una bomba C —replicó.

—No sabes lo que... ¿entonces por qué me siento...?

Ignoró mi pregunta mientras se aparcaba en el *parking* del centro de procesamiento de novias. La primera vez que había llegado a este lugar, había entrado por la puerta de voluntarias, usando esposas; no había visto la puerta principal. Era un edificio mediocre, y el parking estaba desierto.

En el segundo en el que el coche se detuvo, me quité el cinturón de seguridad y abrí la puerta, lista para correr.

Di tres pasos temblorosos antes de ser levantada del suelo.

—¡No! ¡Bájame!

Me retorcí en sus brazos, pero él era todo músculo firme y sólido. Y algunas partes de metal.

—Estás herida. Me ocuparé de tus heridas, compañera. Entonces terminaré de darte tu lección.

¿Lección? ¿Cuál lección? Mi cabeza me estaba pidiendo a gritos que discutiera con él, que lo obligara a ponerme sobre el suelo, pero mi cuerpo tenía otras ideas. Por extraño que pareciera, el aroma de su piel, tan cerca de la mía, era una carnada que no podía ignorar. No quería que me *bajara*, ¿y qué significaba eso? ¿Que me había dado un golpe en la cabeza? ¿Que estaba perdiendo tanta sangre que ya estaba delirando?

¿Que estaba volviéndome loca?

Mi cuerpo estaba temblando, los tres pasos que había dado revelaron que estaba mucho más débil de lo que había sospechado.

Nial me llevó en brazos por la puerta principal del centro de procesamiento y presionó el botón de llamada en el exterior del edificio. Desde dentro nos abrieron con el intercomunicador, de inmediato, como si la guardiana hubiese estado esperando nuestra llegada.

Tan pronto como las puertas se cerraron a nuestras espaldas cedí a mis deseos, presionando mi nariz contra la cálida piel del cuello de Nial y embebiéndome en su calor y en el misterioso olor a almizcle de su cuerpo. Gimoteé y cerré mis ojos al percibir su celeste aroma. Era una manera excelente de distraerme del dolor que parecía aumentar a cada segundo.

Abrí mis ojos cuando oí pasos apresurados. La guardiana vino a nosotros usando jeans y una blusa, en vez de su habitual uniforme de la coalición. Su cabello estaba suelto y caía por debajo de sus hombros, y yo fruncí el ceño, notando que no era mayor que yo por mucho.

—Eres muy linda.

¿De dónde había venido eso? ¿Ahora estaba borracha, también?

Ella se sonrojó, claramente complacida por mi cumplido, y elevó los ojos hasta el rostro de Nial, y luego los alejó rápidamente, como si se sintiera incómoda en su presencia. Quizás sí. Quizás quería quedarse con él. No podía culpar a la mujer. Si ella se sentía la mitad de... deseosa por tenerlo de lo que yo estaba, probablemente querría estar en sus brazos también.

—Gracias, Jessica.

Lanzó una mirada a mi cuerpo, de cabeza a pies, pero me habían disparado en la espalda, así que sabía que no habría mucho que ver, excepto por la sangre en mi ropa. Miró a Nial.

—¿Está herida de gravedad?

—Sí. Aún no conozco la magnitud de sus heridas, pero a pesar de que de su boca no paran de salir palabras irritantes y desafiantes, está débil y entrando en shock. ¿Tiene alguna unidad ReGen aquí?

Me pregunté lo que sería aquello, pero no pude reunir la fuerza para preguntar.

—No. Tengo una pequeña varita ReGen, pero no una unidad de sumersión completa. Sígueme.

Se dio la vuelta y comenzó a trotar lentamente; las largas piernas de Nial se mantenían a la par de las suyas mientras nos conducía a una de las salas de examinación que había visto durante mi procesamiento. La guardiana señaló una larga mesa con el dedo.

—Acuéstala allí. Necesitaremos quitarle la ropa.

¿Qué? No.

Nial me acostó como si estuviese hecha de porcelana. Lo cual era dulce, hasta que alzó ambas manos al cuello de mi camisa negra y la rasgó en dos, bajándola por mis hombros y tirándola al suelo como si fuese un insignificante trapo.

—¡Oye!

Subí mis manos para cubrirme, pero no me estaba mirando como lo había hecho cuando me lo topé en la calle. Ahora no había pasión en su mirada, solamente precisión clínica.

No respondió a mis protestas, sino que me quitó los zapatos y los tiró al suelo, produciendo dos golpes sonoros. Colocando sus manos a cada lado de mis pantalones militares, los rompió por la mitad sin esfuerzo alguno, como si estuviese rompiendo papel de seda. Presionó su mano en el centro de mi pecho, obligándome a tumbarme antes de seguir con mis pies. Mientras me impulsaba sobre mis codos, él se deshizo hábilmente de los dos pedazos de mis pantalones, dejándome casi desnuda, solo cubierta por el sujetador color rosa pálido y el bikini de lunares negros adornado con encaje. No era típico para un uniforme de reconocimiento, pero al ser la única mujer entre tantos hombres, la ropa interior de encaje y con volantes era mi único interés en la vanidad. Puesto que ningún hombre estaba interesado en mi exterior —mi actitud quisquillosa, mandona y masculina— la lencería era solo para mí.

Nial me comía con la mirada mientras yo me tumbaba en la fría mesa para cruzarme de brazos, tapando mis pechos; era un movimiento instintivo que inmediatamente me hizo sentir demasiado débil, demasiado vulnerable. Esta no era yo. No me acobardaba ante ningún hombre.

Lentamente, bajé mis brazos y alcé el mentón. Estaba tumbada sobre mi espalda en la mesa de examinación y podía sentir la sangre, pegajosa y húmeda, corriendo por mi hombro y mi pierna. Lo miré hasta que sus ojos conectaron con los míos; los míos lo retaban. "Adelante, mírame", pensé. "No significa que dejaré que me toques".

—¿Qué tenemos aquí?

La guardiana Egara se interpuso entre nosotros y respiré con alivio al ser liberada de la intensidad de la mirada de Nial. Puse el ciento por ciento de mi atención en la guardiana. Era mucho más seguro ignorar por completo al gigante alienígena cerniéndose sobre mí como un macho alfa, en extremo protector y dominante, como si necesitara uno de esos en mi vida. Le hablé a la guardiana.

—Escopeta de calibre 12. Mi antiguo jefe estaba disparándoles a los exploradores del Enjambre, pero algunos perdigones han debido rebotar. Tengo al menos uno en el hombro y otro en la pierna. Si tengo más, no los sentí.

Traté de darme la vuelta y descubrí que moverme dolía exponencialmente más luego de cada momento que me mantenía quieta, como si me estuviese congelando, entumecida. Hice una mueca de dolor, siseé al sentir el dolor y me recosté.

Todavía tenía los músculos que me habían ayudado a escalar paredes y a cargar equipo pesado por el desierto. Me esforzaba mucho por mantenerme en forma y estaba agradecida. Si no hubiese practicado y corrido rigurosamente desde que dejé el ejército, aquel explorador del Enjambre me habría aplastado.

—Siento lo de tu coche.

Ella frunció el ceño.

—¿Qué sucedió con mi coche?

—Sangré en todo el asiento.

—Oh. Chitón. Eso no me importa.

La guardiana sujetó mis bíceps, posó la otra mano en mi cadera y yo traté, sin éxito, de camuflar el quejido de dolor mientras me ayudaba a darme la vuelta. Ella era más pequeña que yo por varios centímetros y sus brazos y hombros eran más delgados, también, más delicados y femeninos.

Nial estuvo allí de inmediato, sus enormes manos me separaban de mis heridas y me ponían en una posición tal, que ella pudiese ver en donde había sido herida.

Yo estaba sangrando y de malhumor, pero no actuaba como una bruja por completo. La extraña reacción —la instantánea excitación— que había tenido en el coche se había esfumado, pero al sentir sus manos sobre mí, regresó. La sola sensación de sus palmas sobre mi piel era ardiente. Saboreé su fuerza, lo que era extraño y confuso, pues solo me valía de mí misma. No necesitaba la ayuda de nadie más, ni su fuerza. Necesitaba ser lo suficientemente fuerte por mi cuenta.

—Gracias —dijo la guardiana mientras traía una bandeja de implementos médicos.

Se volvió para mirar a Nial, quien aún me sostenía para que pudiese limpiar y vendar mis heridas. No quería ver lo que estaba haciendo.

—Esto va a doler.

Sus palabras fueron la única advertencia que recibí antes de que un largo y punzante objeto de metal se hincara en mi piel. ¿Alguna clase de pinzas?

—Solo apresúrate.

Hice una mueca de dolor y busqué con la mano el borde de la mesa. Necesitaba apoyarme en algo, algo que me anclase a la realidad mientras ella escarbaba en mi piel.

Una cálida mano envolvió la mía, cubriendo mi temblorosa palma y estrujándola. Nial. Me aferré a él como si mi vida dependiera de ello mientras ella seguía excavando, como si estuviese tratando de ablandar un filete en vez de extraer esquirlas.

—¿No tienes algo para anestesiarme? ¿Lidocaína o... —Me apuñaló con fuerza y tomé aire con los dientes apretados— ...whisky?

—No puedo. Lo siento.

Su voz sonaba calmada y sincera mientras seguía hurgando y pinchando.

—Esos medicamentos interferirán con la varita ReGen.

No tenía idea de lo que era una varita ReGen, y no me importaba sobremanera. Pero comencé a contar en mi cabeza, lentamente, hasta cien. Esta no era mi primera vez en la mesa y tampoco era la peor herida con la que había tenido que lidiar. Dolía una barbaridad, pero podía sobrevivir. Las cicatrices en mi cuerpo eran prueba suficiente de que conocía esto por experiencia. Sin embargo, todas esas cicatrices, todas esas imperfecciones, era una razón más por la cual jamás me había sentido cómoda al estar desnuda frente a hombres...

Entonces abrí mis ojos, sintiendo curiosidad por ver la reacción de Nial al notar las cicatrices en mi espalda y cadera. Como me lo esperaba, vi cómo su mirada se desplazaba desde una mancha de cicatriz rosa hasta la próxima. Esperé ver curiosidad o asco. No furia.

—¿Quién te ha lastimado, compañera?

Su mirada volvió a ponerse sobre la mía y apretó su mandíbula. Las venas en su cuello y sienes se hincharon en respuesta a sus emociones.

—Dímelo ahora y lo mataré.

Me reí y jadeé cuando la guardiana, que había extraído la primera pieza de metal de mi hombro, comenzó a escarbar vigorosamente en la parte trasera de mi pierna.

—Parece que quieres matar un montón de cosas —repliqué, con los dientes apretados.

—Destruiría civilizaciones enteras para protegerte.

Vaya. Vale. Estaba siendo demasiado intenso para mi gusto.

—No hay nadie a quien matar. Fue un IED al borde de la carretera en Irak.

Trazó una línea en mi pierna con uno de sus dedos, y yo me estremecí.

—¿Qué es un IED, compañera? No comprendo. ¿Por qué te atacó?

Contuve la respiración mientras la guardiana sacaba el segundo perdigón de mi pierna, y luego colocó las pinzas en la bandeja.

Sintiendo que me faltaba el aire, pero aliviada de que la porción de perforación en el procedimiento médico de hoy hubiese terminado, mi respuesta salió como un susurro.

—Se llama artefacto explosivo improvisado. Eso de allí. —Asentí en dirección a la línea en la parte frontal de mi pierna—. Fue causado por un clavo de siete centímetros.

—¿Por qué has sido atacada?

Me encogí de hombros de la manera que pude.

—Nial, en una guerra las cosas explotan. Gente muere.

Como el recluta que había estado de pie a mi lado cuando tropezamos con aquel IED hacía tres años. Él se había llevado la peor parte del golpe y murió en mis brazos.

—Las mujeres no luchan en la guerra.

Entonces rodé los ojos.

—Las mujeres de la Tierra sí lo hacen.

—Entonces es bueno que te saque de este planeta. Vuestros hombres son idiotas.

¿Cómo podía argumentar contra eso?

La guardiana se había alejado, pero regresó con una pequeña varita que se parecía a mi control remoto, pero con una brillante espiral azul extendiéndose desde la punta. La sujetó por encima de la herida en mi pierna y suspiré, pues se sentía como si la luz estuviera colándose en mi cuerpo, cálida, reconfortante y perfectamente. Ya no sentía ningún dolor en ese sitio, y miré hacia abajo para advertir cómo mi piel, que aún estaba llena de sangre, ahora estaba completamente cerrada.

—Oh, por Dios. Eso fue fabuloso.

Sonrió e hizo lo mismo con mi hombro; el alivio fue casi instantáneo.

—¿Me perdonas por no haberte inyectado anestesia?

—Sí.

La palabra fue más como un gruñido, y ya había dejado de doler. Apoyé mi cabeza contra la mesa, suspirando profundamente. Dios, ahora se sentía bien.

Debí haber soltado la mano de Nial, pero no estaba lista. Todavía no. Solo quería flotar en el aire por un minuto más, sin pensar en el cártel, en Clyde o en las cosas del Enjambre que me perseguían. Solo quería sentirme bien y hundirme en la cálida fuerza del roce de Nial. Además de haber dejado de sentir el dolor, sus caricias se sentían... reconfortantes.

Pero yo nunca era buena en conseguir lo que quería y mi mente, libre de la distracción de haber sido disparada, ahora iba a toda marcha. Tenía cosas por hacer. Mi corto descanso había acabado.

Tenía que entregarles la última tanda de fotografías a mis contactos en la fuerza policial y a los medios de comunicación. Tenía que terminar lo que había empezado. La muerte de Clyde sería descubierta pronto. Quería garantizar que el frenesí mediático no fuese desperdiciado.

—Necesito mi cámara.

Traté de sentarme, pero la sala dio vueltas y me aferré a Nial, usándolo para mantener el equilibrio y no caerme de la mesa.

—¿La extraña caja negra que colgaba de tu cuello? —preguntó Nial.

—Sí.

Traté de sentarme nuevamente, pero una gigante mano se posó sobre mi pecho, en la base de mi cuello, impidiéndomelo. Alcé ambas manos para quitarme la caliente palma de Nial de encima, pero no se movió, y en vez de aquello acabé aferrándome a él.

Frustrada, subí la mirada para observar su rostro, completamente impasible. La fuerza y seguridad que vi en su expresión me hicieron temblar, pues me veía obligada a suplicarle para levantarme.

—La he dejado en el coche. Tengo que traerla. Es importante.

Me miró y el afecto volvió a sus ojos. Quizás era porque ya no estaba luchando contra él, sino aferrándome.

—Haré que Ander la traiga cuando llegue.

Ander. Mi segundo, fuera lo que fuera que eso significara. Me había olvidado de él.

—¿Cuándo será eso?

Sacudí mi cabeza y traté de empujar la mano de Nial de nuevo.

—La necesito. Alguien podría robarla. Debo tenerla ahora.

—No saldrás de la seguridad de este edificio, compañera. Necesitas descansar para el transporte.

—¿Qué?

¿Transporte? No. No. No.

—No voy a ir a ningún lado.

Sus ojos se entrecerraron.

—Eres mi compañera. Irás a donde yo te ordene que vayas.

Estallé en risas, y el sonido no era de felicidad. Podía oír mi dolor, mi decepción escondida detrás del frágil sonido.

—No, no lo haré. Tuviste tu oportunidad y me rechazaste. Eso significa que soy libre. Mi parte del contrato de novias ha sido hecho. Mi obligación ha acabado. Ya no soy tuya. Tú renunciaste a mí.

Sus ojos se entrecerraron aún más y pude ver que no le gustaba ser rechazado. Podía percibir su ira y frustración, pero no sentí nada de eso en sus caricias.

—No me importan tus contratos terrícolas, mujer. Eres mía, mi pareja. Mi padre rechazó tu transporte. No tuve nada que ver con eso y, de hecho, estuve furioso cuando descubrí lo que había hecho. Nada ha cambiado, excepto que me he visto obligado a venir aquí para buscarte. Permíteme ser claro. No has sido *rechazada*. No renunciaré a ti. Eres mía.

Tomé una bocanada de aire para protestar, pero la guardiana Egara, que había estado moviéndose incómoda junto a mi cama, elevó sus manos.

—Yo iré al coche a buscar la cámara. Nadie pensará nada de eso. Es mi coche.

Contenta de ignorar a esta versión intensa de Nial, me volví hacia ella.

—Gracias.

—No hay problema.

Se dio la vuelta y salió de la sala, cerrando la puerta y provocando un suave sonido ciceante a sus espaldas.

Celebré aquella pequeña victoria por cinco segundos. En ese momento me di cuenta de que estaba claramente desnuda, y completamente sola con un guerrero alienígena que creía —muy, muy seriamente— que le pertenecía.

7

Mi compañera se estremeció bajo mis caricias, su cuerpo era largo, esbelto y tan hermoso que ansiaba rasgar las diminutas prendas que cubrían sus suaves senos y su dulce sexo, y saborearla.

Las cicatrices en su cuerpo y en sus ojos impedían que actuase impulsivamente. Su propia gente la había usado como un soldado, habían llenado su cuerpo perfecto de cicatrices y le habían enseñado a desconfiar. El rechazo de mi padre la había herido, y mucho. Ahora dudaba de mí, dudaba de mi deseo por ella. Esta solo era una razón más por la cual odiaba al hombre. Nadie debería entrometerse entre un hombre, su segundo y su compañera.

Le demostraría que sus dudas no eran ciertas, pero forzar mis atenciones no era la manera de ganarme su corazón. Estaba herida y tenía mido, incluso debajo de aquella brusca fachada que cuidaba tan bien. Su fachada se había venido abajo en el coche por un milisegundo, cuando esparcí una gota de mi líquido preseminal en su piel. Los poderes que contenía para unir a una mujer a sus compañeros eran míticos, pero las mujeres de Prillon no reaccionaban como lo había hecho mi pequeña humana. En Prillon Prime, las mujeres se excitarían por la semilla de sus compañeros y en cuestión de tiempo, usualmente meses, comenzaría a desear un contacto íntimo con sus compañeros. Pero el vínculo era lento y predecible; era sencillo que una mujer lo ignorase, si era que elegía hacerlo.

Pero no mi Jessica. Su reacción había sido instantánea y fascinante, y me llenaba de deseos por follarla justo allí, en el coche.

El comandante Deston me había advertido, y yo mismo había visto la reacción de su compañera durante la ceremonia de unión ante los químicos en la semilla de su compañero y la suya. Había visto a su compañera retorciéndose y suplicando por más, pero no había comprendido por completo el poder de conexión que tenía en una mujer humana hasta que hube derramado aquella gota de líquido preseminal en el brazo de Jessica.

No había tenido que batir mi polla más de tres veces para que el fluido gotease de la punta. En el momento en que tropezó conmigo, ya estaba duro y ansioso por tenerla. Estaba listo.

Coger su brazo y dejar que el transparente fluido se colase en su piel había sido un intento de tranquilizarla, de calmarla lo suficiente para que entrase en razón sobre nuestro vínculo. En cuestión de segundos había reaccionado, y el aroma de su coño húmedo había saturado el reducido interior del coche. Sus pupilas se habían dilatado, y me estaba comiendo con sus ojos, examinándome, con la mirada de una mujer que quería tocar.

Quería que posara sus manos sobre mí más que cualquier cosa que alguna vez hubiese deseado, incluso más que el trono. Me miró, curada, pero todavía temblorosa, casi desnuda, pero sin miedo; y mi polla se hinchó mucho más. Dios, era mía.

Parecía que su excitación la había enojado, pero yo celebraba el vínculo que sabía que mi semilla nos ayudaría a crear. Esperaría, si era necesario; me ganaría su corazón y su mente, lentamente. Su cuerpo ya había reconocido la verdad, que estábamos realmente emparejados, y si la seducción era la ruta que debía tomar para ganármela, entonces sería implacable en el dominio por su placer.

El tiempo y la ceremonia de unión serían la respuesta para cualquiera de sus dudas. Ya se había derretido en mis brazos, tierna y sumisa, aceptando mi beso y deseándolo; y aquello había sucedido antes de que mi líquido preseminal cayera sobre su piel.

Sería mía, mi orgullosa novia guerrera.

Solo necesitaba tratarla como lo que era: una criatura apesadumbrada y angustiada que le tenía miedo a la mano dura de un compañero dominante. Esto era abiertamente obvio para mí, incluso tras el poco tiempo que llevaba conociéndola. Había discutido y peleado, debatido y maldecido, pero todo era un número, una férrea fachada para protegerse a sí misma. Había tenido que forjarse este exterior para lidiar con los hombres de su mundo, pero no lo necesitaba conmigo. Los hombres humanos eran, obviamente, tontos que habían abusado de su confianza. Y mi arrogante padre le había echado más leña al fuego.

Nada de eso importaba ahora, mientras yacía débil y temblorosa en la mesa, aferrándose a mi brazo. Tenía que considerar esta necesidad que tenía de aferrarse a mí como una buena indicación de que, quizás, en lo más profundo de sí sabía que yo era su compañero, su refugio. Tenía que alimentar este frágil inicio de nuestro vínculo sutil y cuidadosamente.

Aunque ya no estaba herida, aunque su cuerpo estaba completamente sanado, sus ojos pálidos estaban abiertos con ansiedad reflejada en ellos. Su mirada recorría la sala con una energía nerviosa y se relamió los labios mientras elevaba su mirada para observarme, sin tener certeza de lo que yo haría a continuación. El hecho de que estuviese aferrada a mí era una buena señal; sin embargo, sabía que también creía que era intocable en estos momentos, pues simplemente estaba aguardando a que la guardiana volviese con su cámara.

—No te muevas, Jessica.

Tomé su silencio como un signo de aprobación y me sentí complacido mientras caminaba hacia el fregadero que estaba en el otro lado de la sala. Llené un extraño tazón con agua cálida y jabonosa y cogí una suave prenda de color gris que estaba sobre una pila de ropa, en uno de los gabinetes.

La varita ReGen había curado sus heridas más graves, pero no podía soportar la imagen de tanta sangre en su suave piel.

Volví a la mesa y sumergí la toalla en el agua.

—Sé que estás abrumada. Han sucedido demasiadas cosas durante estas horas. Es difícil asimilarlas. Por ahora, por lo menos, debes percibir que no quiero hacerte daño. Estás a salvo conmigo. No dejaré que nadie te toque y mucho menos que te lastime de nuevo. ¿Permitirás que cuide de ti?

Me miró, sus ojos rondaron mi rostro, posándose sobre el brillo metálico de mi piel; su mirada se enfocaba en mi ojo dorado antes de dirigirse al plateado y entonces permaneció por un tiempo en mi boca. Como si se hubiese dado cuenta de que su mirada se entretenía en ese sitio, apartó la mirada con culpa; sus ojos conectaron con los míos, al principio de manera inquisitiva, luego con consideración y, finalmente, con determinación. Asintió y la ayudé a sentarse; la mesa de examinación también estaba llena de su sangre.

Moví un pequeño taburete con ruedas a un lado de la mesa y coloqué su pie sobre mi regazo mientras comenzaba a limpiar los hilos de sangre que habían bajado por su pierna.

Mi método no era perfecto, pero la limpié lo mejor que pude con caricias lentas y gentiles. Estaba permitiendo que la viera, que le ofreciera la atención y cuidado de un compañero. Esto no era algo sexual, pero haría que el vínculo entre nosotros fuese aún más fuerte.

Lavé su pierna y luego su muslo. La sangre se había corrido por su espalda hasta la curva de su trasero, y me puse en pie, apoyándola contra mi cuerpo, haciendo que su frente descansase sobre mi pecho para poder lavar su hombro y su espalda. Recorrí la elegante línea de su espina dorsal y me pregunté si el escalofrío que la sacudió había sido resultado del agua fría mientras se evaporaba o si fue causado por mi roce.

La guardiana Egara entró a la sala con la cámara en manos, justo cuando envolvía a mi compañera con una manta nueva y seca, la cogía en brazos y me sentaba en la única silla de la sala. Coloqué a Jessica sobre mi regazo, felizmente. En comparación con la guardiana, ella no era una pequeña mujer terrícola, pero cabía a la perfección. Era suave, curvilínea, cálida y simplemente se sentía bien. No era delicada como la guardiana, y me alegraba que así fuese. No quería follarla con delicadeza, y sabía que no era eso lo que ella necesitaba. No estaríamos emparejados si ese fuese el caso.

Por suerte, Jessica continuó siendo dócil, lo que me decía, más que nada, lo vulnerable que se sentía en estos momentos. Curada, sí, pero todavía frágil. La varita ReGen no devolvía energía. Solo el tiempo y un descanso resolverían eso, igual que resolverían el probarle que podía confiar en mí y que estaría a salvo conmigo. Había visto el fuego en sus ojos al ser perseguida por el explorador del Enjambre y sabía que esta apacible gatita que estaba en mis brazos no se comportaba con su actitud habitual.

Mi compañera alzó su cabeza cuando la guardiana entró a la sala y colocó la cámara en la mesa.

—Gracias.

Su cuerpo se relajó, fundiéndose en mis brazos, y mi polla se endureció una vez más mientras su calidez se amoldaba a la mía. Suspiró y entonces le habló a la guardiana.

—¿Tienes un ordenador que pueda usar? Necesito descargar las fotografías que he hecho hoy y enviárselas a la policía.

La mirada curiosa de la guardiana hizo que me mordiese la lengua, pues preguntó lo que yo mismo quería saber.

—¿Qué fotografías?

Con su cabeza apoyada contra mi hombro, Jessica respondió:

—Estuve vigilando el Café Solar esta tarde.

—Oh, Dios mío. ¿Te has vuelto loca?

La guardiana, que había apoyado su cadera contra la mesita, dio un salto, y Jessica se tensó en mis brazos. Una reacción que no me molestaba en lo más mínimo.

—Probablemente.

Miré a la guardiana, sin esperar una respuesta por parte de mi compañera.

—¿Qué es este Café Solar?

Frunció sus labios hasta que estos formaban una línea recta; miró a Jessica, y luego a mí, como si tratara de tomar una enorme decisión. Usé mi voz más imponente.

—Dímelo. Ahora.

Jessica alzó uno de sus brazos, sacándolo por fuera de la manta, y le hizo una seña a la guardiana con su mano, como si estuviese salvándola de mi ira. Estaba equivocada. La ira que brotaba desde mi interior era solo para mi compañera, pues sospechaba que había puesto su vida en peligro. Sus palabras confirmaron mis sospechas.

—Es el punto de encuentro principal de un cártel de droga.

—*Del* cártel de droga. Manejan toda la sección noreste del país. Desde ese restaurante.

La guardiana Egara se cruzó de brazos.

—*Estás* loca. ¿No han sido ellos quienes te incriminaron en primer lugar para deshacerse de ti? Probablemente te matarían en el acto.

La amenaza para mi compañera retumbó en mi pecho con un gruñido en voz baja que Jessica ignoró, hablándole directamente a la guardiana.

—¿Cómo sabes que me han incriminado? —preguntó—. Jamás te lo había dicho.

La guardiana alzó una ceja.

—No me hagas reír. Proceso criminales en este lugar todos los días. Sé la diferencia entre la inocencia y la culpabilidad, y conocía tus antecedentes. No ha sido difícil unir las piezas.

—Gracias.

Podía oler las lágrimas de mi compañera.

—¿Por qué lloras? ¿Te duele algo?

La miré y me encontré con una sonrisa vidriosa en su rostro.

—No. Es solo que nadie más me había creído.

La guardiana negó con la cabeza.

—No estaría tan segura de eso, Jess. ¿Pero qué se puede hacer?

—Nada.

Jessica se secó las lágrimas con el extremo de la manta y, así de rápido, la mujer guerrera, fuerte y atrevida estuvo de vuelta.

—Por eso debo descargar esas fotografías y enviárselas a la policía y a mis contactos en los medios antes de que encuentren el cuerpo de Clyde.

La guardiana abrió un compartimento en la pared y le entregó una tableta a mi compañera.

—¿Esto servirá?

Jessica se reanimó al ver el dispositivo y le dio la vuelta para inspeccionar algunas aberturas que tenía.

—Sí. Gracias.

—¿Clyde qué? —pregunté.

—Clyde Tucker. El hombre de cuya casa estaba huyendo cuando me encontraste. Cuando el Enjambre me encontró. También es el alcalde, el líder del gobierno de esta ciudad. Ellos... los narcotraficantes, lo han comprado.

—¿El alcalde Tucker? Ese imbécil. Yo voté por él.

La mirada asesina de la guardiana Egara podría haber acabado con un guerrero de Prillon en el acto. Ladeé mi cabeza al notar su espíritu, considerando algo.

—Serías una excelente compañera para un guerrero Prillon. Deberías unirte al programa.

La guardiana Egara se mordió su labio y apartó la mirada hasta que Jessica habló. La voz de Jessica era entrecortada, y trataba de alejarse de mi pecho. Simplemente la estreché con más fuerza. Podía hacer lo que fuera que necesitara desde mi regazo. No tenía por qué estar celosa de mi comentario hacia la guardiana. No deseaba a otra mujer. La única compañera que deseaba estaba en mis brazos y no tenía planeado dejarla ir.

Jessica apartó mi mano, que descansaba en su cadera, pero le habló a la guardiana:

—¿Puedes alcanzarme mi cámara, por favor?

—Por supuesto.

Cuando Jessica obtuvo la cámara, sacó dos cuerdas de un compartimento que no había notado en la parte trasera de la cámara, y las conectó a la tableta. Le preguntó a la guardiana algo sobre las contraseñas de internet y se concentró por completo en su misión. Las fotografías aparecieron en la pantalla a medida que las descargaba y categorizaba, enviando mensajes y otras cosas que necesitaba hacer. No reconocía a ninguna de las personas o los lugares mostrados en las fotografías, y tampoco esperaba hacerlo. No me preocupé sobre nada, pues no nos quedaríamos en la Tierra por demasiado tiempo. Mientras Jessica estuviese a salvo, no tendría problemas con nadie en este planeta. El único hombre humano que pretendía hacerle daño estaba muerto, muerto en manos del Enjambre.

Mi segundo se estaba encargando de la amenaza del Enjambre, y yo, por primera vez, estaba agradecido por el consejo del comandante Deston y de Dare acerca de seleccionar a un segundo; estaba agradecido de que Ander se hubiese ofrecido. Había demostrado ser digno de esto, y nuestra compañera corría más peligro del que habíamos imaginado.

El haber matado a este alcalde, Clyde, era la única cosa que había hecho el Enjambre con la que me había sentido complacido. No me habría importado matar al humano con mis propias manos. Había lastimado a mi compañera, la única persona que me importaba ahora.

Esta persona ahora estaba escribiendo un mensaje en la pantalla de la tableta que la guardiana le había dado. El dispositivo de comunicación terrícola emitió un sonido y toqué el audífono, esperando el extraño sonido de vacío.

—Habla.

—Estaré en el centro de procesamiento en diez minutos. ¿Cómo está nuestra compañera?

La llegada de Ander eran buenas noticias. Mientras más temprano llegase, más rápido podríamos sacar a nuestra compañera de este planeta.

—Estaba herida, pero se recuperará. ¿Has encontrado la nave del Enjambre?

—Sí. El último explorador está muerto. Envié la nave en una trayectoria de colisión hacia la estrella de la Tierra.

—¿Has abierto sus procesadores centrales?

Pasaba mi mano por la columna de mi compañera mientras hablaba. Ella se había paralizado, escuchando mi conversación con su segundo una vez más.

—Y con placer.

Me reí entre dientes al oír eso. Para alcanzar sus procesadores centrales debió haber destrozado sus cuerpos, pues las unidades especiales usualmente estaban localizadas en el interior de la espina dorsal del ciborg, justo detrás de su corazón.

—¿Por qué estaban aquí?

—Sus órdenes eran simples. Iban tras Jessica.

Shock y una furia protectora comenzaron a arder en mi pecho.

—¿Cómo es eso posible? —gruñí.

—Porque es tuya. Su objetivo principal era tenderte una trampa para que pudiesen llevarte de nuevo con el Enjambre y continuar con el procesamiento.

—Antes muerto.

Esas máquinas no me tocarían nunca más. No me uniría a su red mental ciborg ni a ellos, asesinando y destruyendo a mi gente.

—Pienso que están conscientes de eso ahora. Por eso iban tras ella.

Así que la cúpula del Enjambre era más diabólica de lo que había supuesto. Jamás me rendiría, les haría matarme antes que ser capturado vivo de nuevo. ¿Pero por la mujer en mis brazos? ¿Por mi compañera?

Apenas había probado sus labios y ya sabía que haría cualquier cosa, sacrificaría cualquier cosa, para protegerla. Evidentemente, el Enjambre también lo sabía, y ahora ella era una desventaja para mí. Por lo menos, eso era lo que el Enjambre creía. Lo que no podían comprender era que una compañera de Prillon fuese cualquier cosa, *excepto* una desventaja; y que no estarían enfrentándose a un solo guerrero prillon, sino a su segundo.

Si hubiese venido por mi cuenta, el peligro que correría habría sido dos veces mayor. No arriesgaría su vida de nuevo. La función de un segundo compañero era sagrada y necesaria. No dudaría de su importancia de nuevo.

—Regresa de inmediato. No está a salvo en la Tierra.

—De acuerdo. Diez minutos.

La llamada de Ander se desconectó, y miré a la guardiana Egara. Ya estaba retrocediendo con dirección a la puerta. Aunque no había oído la respuesta de Ander, echó un vistazo a mi expresión y posó su mano sobre el picaporte.

—Iré a abrirle.

—Le agradezco.

Tan pronto como hubo desaparecido, Jessica se concentró nuevamente en su misión. Después de no más de dos minutos, suspiró y se inclinó sobre mí para colocar la tableta y su cámara en la mesa más próxima. Sus operaciones en la Tierra eran importantes para ella, pero eran temporales, pues cuando nos transportasen a la nave *Deston*, nada iría tras ella. Estos insignificantes hombres y sus crímenes serían parte de su pasado; una terrible parte que no la tocaría nuevamente. Concluir con esta misión la ayudaría a ajustarse a su nueva vida, pues sabría que habría completado lo que fuera que necesitaba hacer antes de dejar la Tierra atrás y ser mía por completo.

—¿Ya has acabado, compañera?

Continué acariciando su espalda por encima de la manta, feliz de que me dejase sostenerla. Por ahora. Pronto haría mucho más que eso. Pronto haría que los químicos de unión en mi semilla la tocasen una vez más. Disfrutaba su silenciosa confianza y aceptación de mis caricias, pero anhelaba sentir su fuego una vez más. Necesitaba que se uniera conmigo en todas las formas posibles. Necesitaba que nuestra conexión fuese desenfrenada e inquebrantable. Necesitaba que su coño estuviese húmedo y vacío, deseando mi polla. Necesitaba que me desease.

—Sí. Y espero que esos hijos de puta se pudran en la prisión.

Coloqué una mano debajo de su mentón y alcé su rostro para verla a los ojos. Había tanta pasión y fuego en ellos. Simplemente necesitaba desviar todo ese poder y energía hacia mí. La tentación de derramar mi semilla sobre ella se estaba volviendo demasiado fuerte como para resistirme.

—Qué lenguaje tan obsceno en una boca tan hermosa.

Miré sus labios rosas, grandes y perfectamente suaves, y oí los latidos de su corazón. Se relamió los labios, y volví a enfocarme en sus ojos, mirando su profundidad, tratando de descifrar la misteriosa combinación de fuerza y fragilidad, fuego y sensibilidad de mi compañera.

—¿Por qué estás aquí? Dime la verdad.

Hablaba como si fuese un rompecabezas que debía ser resuelto, y no podía creer la verdad.

—Vine por ti.

—Eso no tiene sentido. ¿Has venido aquí, hasta la Tierra, solo por mí?

—Sí.

—Si eso es cierto, entonces estás loco. No soy nadie, solo soy un culo más de los mil millones que existen en la galaxia.

Sacudí mi cabeza.

—Eres única e irreemplazable, la única mujer en el universo que ha sido emparejada conmigo.

Toqué su labio inferior con mi pulgar, recordando su sabor.

—Lo sentiste cuando mi esencia tocó tu piel. Tu reacción a la esencia de unión en mi semen es un signo de nuestro vínculo; una prueba de la fuerte conexión que tenemos. Si prefieres creer en la tecnología antes que en la química pura, no tienes más que preguntarle a la guardiana Egara por la tasa de éxito del programa de emparejamiento. Sin importar lo que elijas creer, ten esto presente: Soy tu compañero y tú eres mía. Siempre iré por ti. Y siempre te protegeré. Siempre te desearé. También lo hará Ander, tu segundo.

Ella frunció el ceño.

—¿Cuál segundo?

—Como tu compañero principal, es mi derecho y mi honor escoger a un segundo guerrero para amarte y protegerte. Ander es implacable, más fuerte que cualquier otro guerrero que haya visto. Solamente él sería lo suficientemente digno para ser tu segundo.

—¿Segundo compañero? Quieres decir...

Se quedó boquiabierta, dejó su oración a la mitad, pues la verdad que escondían mis palabras la sacudieron. Me miró en negación.

—¿Quieres decir que aquel sueño fue cierto y...?

La sostuve con más fuerza, atrayéndola hacia mí mientras mi pulgar se movía para acariciar la parte interna de su labio y explorar las húmedas comisuras de su boca.

—Tienes dos compañeros, Jessica. Todas las novias de Prillon son honradas recibiendo dos guerreros fuertes que la cuidarán y protegerán.

—¿Por qué?

Besé su frente, incapaz de resistirme a probarla.

—Somos guerreros. Somos los más fuertes de los planetas aliados de la coalición. Siempre estamos en las líneas de fuego en nuestra guerra contra el Enjambre. Luchamos. Morimos. Dejar a nuestras compañeras o niños desprotegidos no es nuestra costumbre.

—Así que vosotros... ¿qué? ¿Os tomaréis turnos para follarme? Pensé que aquel sueño era solo una simulación, una manera de excitarme para que el programa evaluase las reacciones de mi cuerpo... o algo.

Besé su sien, sintiendo ánimos cuando no se apartó.

—No, mi novia guerrera. —Besé su mejilla—. Lo que has soñado fue real, aunque pertenece a otra compañera de Prillon y a sus hombres. Me alegra oír que te ha excitado, pues a mí también.

—Pero...

—Te tomaremos juntos, llenaremos tu cuerpo con nuestras dos pollas duras, tendrás cuatro manos en tu cuerpo dándote placer.

—Demonios, estás hablando en serio.

Se quedó sin aliento, pero pude oler su excitación, pues había impregnado la sala. La idea de ser tomada por dos fuertes guerreros la calentaba, tal y como debería ser. La probaríamos con nuestras dos bocas, la tomaríamos con dos pollas, la adoraríamos con cuatro manos. No habría un solo centímetro de su cuerpo que no fuese explorado, saboreado, y al que no se le diese placer.

La idea de correrme en su coño húmedo, de poner un hijo en su vientre mientras Ander reclamaba su culo me hizo ponerme duro una vez más, y tomé la única parte de ella que podía dominar aquí y ahora. Su boca.

Sosteniendo su cabeza exactamente en donde quería, me hundí en sus labios con un beso que quise darle desde que la probé por última vez. No la provoqué ni la seduje, solo tomé lo que quería, exigiéndole una respuesta. Mi deseo por ella no era ni tímido ni delicado, era como una bestia en mi interior enfurecida por ser liberada.

Me zambullí en su boca como un conquistador reclamando su parte; olvidamos la manta mientras se deslizaba por sus hombros y desnudaba su piel para mí. Moví una mano para tomar su cabeza y enredé mis dedos en su cabello, sosteniéndola en el lugar perfecto, con su boca situada contra la mía en el ángulo perfecto. Exploré su piel con mi mano libre, dibujando la curva de su muslo, pasando por su cadera, por el surco de su cintura, y terminando en su suave pecho cubierto por la extraña prenda color rosa. Anhelaba arrancarlo de su cuerpo, llevarme el duro pico de su pezón a mi boca.

Gimió en voz baja y continué besándola, y entonces oí a mi segundo entrando a la sala y asimilando la escena que se desarrollaba frente a sus ojos. El suave grito sofocado de la guardiana Egara fue seguido por el sonido de sus zapatos en el corredor, mientras cerraba la puerta para darme exactamente lo que quería; y mientras tanto, mi compañera temblaba en mis brazos, ajena a sí misma, perdida en el placer que le ofrecía.

Privacidad.

Ander se acercó silenciosamente y abrí mis ojos, asintiéndole levemente mientras continuaba tomando la boca de Jessica.

Debía unirse a nosotros, tocar a nuestra compañera, enseñarle lo que significaba ser una novia de Prillon. Mientras estábamos en el vehículo de la guardiana, le había dicho a Jessica que pronto le daría otra lección, y ahora era el momento indicado, justo como cualquier otro.

Ander se arrodilló detrás de nosotros, su mirada recorría las curvas perfectas y femeninas de nuestra compañera. Inhaló profundamente, disfrutando, como yo, el dulce aroma de su húmedo sexo.

Con sus ojos enfocados en un objetivo, Ander se movió para arrodillarse entre sus piernas mientras ella se sentaba de lado en mi regazo. Sabía lo que quería y lo ayudaría a conseguirlo.

Cerré mis ojos, disfrutando la dulce capitulación de nuestra compañera mientras alzaba sus brazos y los envolvía alrededor de mi cuello.

8

nder

Nuestra compañera era hermosa. Su cabello dorado caía por el brazo de Nial como un rayo de luz, sedoso y pálido. Su cuerpo era delgado y fuerte, su piel pálida parecía brillar al lado de la ropa negra de Nial, como una luna perfecta en un cielo oscuro. Sus labios se movían al unísono con los de Nial, con un abandono apasionado que causaba que mi polla se endureciese por completo. Era como un fuego níveo en sus brazos, una pequeña prenda color rosa cubría sus grandes pechos, y deseaba arrancársela del cuerpo. Envolvía sus brazos alrededor de su cuello, entrando en contacto con la parte ciborg de su piel; su mano ardía de deseos mientras un suave ruido de necesidad femenina llenaba la pequeña sala.

Mi polla estaba tan dura como una piedra, y permití que mis ojos recorrieran el camino largo, terso y perfecto desde sus piernas hasta su centro de placer. Podía oler su excitación, su dulzor me llamaba como una sirena. No tenía razón para resistirme.

No podía esperar a probar su sexo, a enterrar mi lengua en lo más profundo, pero sabía que si me movía demasiado rápido, perderíamos la intensidad de este instante. En estos momentos era débil, y aceptaba las caricias y el beso de Nial. Sentí que, si no la tocaba pronto, estallaría; pero no quería asustarla. Mi tamaño y mi apariencia ocasionarían aquello sin necesidad de que mis agresivas necesidades sexuales la presionaran demasiado.

Era un hombre paciente. Podía acechar a un objetivo por días sin necesidad de comer o dormir. Podía esperar un par de minutos más para dar una probada a la hermosa mujer que sería mía por siempre. *Mi compañera.*

Su cuerpo estaba apoyado en el regazo de Nial, como una ofrenda para los dioses; tan suave y tersa. No era pequeña, como la compañera del comandante Deston, y me sentía muy aliviado. Era lo suficientemente grande como para tomarnos en su interior, lo suficientemente grande como para tomarme.

Me había ofrecido a ser un segundo dos veces, pero mi tamaño y mis cicatrices habían causado que esos guerreros temiesen que sus nuevas compañeras me rechazaran al instante.

El estar arrodillado en el suelo, frente a mi compañera, parecía alguna especie de sueño; una fantasía que no podía ser real. Que lo hubiese aceptado con su piel ciborg, y besado con tanta pasión, me daba esperanzas de que pudiese aceptarme también.

Tal como yo, Nial estaba dañado; marcado por su piel plateada y el ojo plateado de los ciborgs, y aun así ella lo aceptó, le permitió tocarla. Sentía deseos por un guerrero lleno de cicatrices por la batalla.

Ella no era una fantasía, sino que estaba hecha de carne y hueso. Podía oler el olor a miel de su húmedo centro de placer, la dulzura de su piel. Quería enterrar mi lengua en su cremosa y tibia cueva y hacerla gritar de placer. Quizás si le daba placer antes de que viera mi rostro, ella podría ver más allá de mis cicatrices y no sentir horror al verme. Repentinamente me alegré de haber usado las unidades de limpieza a bordo de la nave de los ciborgs antes de enviarla rumbo al centro de la estrella de la Tierra. Le había prometido a nuestra compañera que mataría a sus enemigos, pero ahora agradecí el instinto que insistía en que acudiera a ella sin siquiera una gota de sangre en las manos.

Era demasiado hermosa para ser tocada por tal violencia, demasiado preciosa.

Observé a Nial acariciar con placer su cuerpo; observé sus manos recorriendo sus pechos, su cintura y sus caderas. Con sus manos acarició sus muslos de arriba abajo, retirando la manta que debió haber estado cubriéndola cada vez más. Noté una gran cicatriz en su muslo y me sentí intrigado por la herida, pero aquel pensamiento se apartó de mi mente cuando las manos de Nial se deslizaron sobre el pequeño pedazo de tela rosa que cubría su sexo. Permaneciendo allí, presionó su pulgar contra la tela, frotando su clítoris, y luego apretando su coño tanto como la tela lo permitía, y entonces retrocedió para acariciar su lugar más sensible.

Ella gimió en su boca, sus caderas se inclinaron para presionar con más fuerza contra sus manos; sus labios se encontraron con los de él y su lengua se movió, explorando su boca.

Reclamándolo para sí misma.

Mi cabeza se llenó de deseo, de necesidad; mientras mi polla se hinchaba hasta llegar a proporciones dolorosas. Quería su lengua en mi boca. Quería que ella gimiera y se retorciera y gritara mientras yo le daba placer. Quería que ella supiera que era *yo* quien la estaba tocando. Que era yo quien saboreaba su coño. Quería que ese conocimiento la hiciera arder.

Su reacción al toque de Nial fue la señal que ambos habíamos estado esperando. Él rasgó el pequeño trozo de tela y ella gritó en shock, apartando su boca del beso de Nial.

Nial tomó su cabeza con ambas manos, evitando que mirara su propio cuerpo; evitando que me viera antes de que estuviéramos listos. Se miraron fijamente, y entonces Nial le susurró sus deseos. Observé cómo sus pechos cubiertos subían y bajaban con cada una de sus respiraciones jadeantes, sus pezones duros delineados por el fino material.

—Déjanos tocarte.

Bajé la mirada mientras entreveía su coño húmedo, rosa y perfectamente visible a centímetros de mi anhelante boca. Recé para que ella dijese que sí. No podía esperar a probarla, a chupar su clítoris y follarla con mis dedos y mi lengua. A hacer que se corriese en mí.

—¿Nial? No puedo. —Se relamió los labios hinchados—. No deberíamos estar haciendo esto. Yo... yo no te conozco y... y yo...

Cerró los ojos brevemente.

—Es... es demasiado.

Sus palabras eran como un cuchillo que apuñalaba mi corazón, pero a Nial parecía no afectarle.

—Shh. Siempre se sentirá así entre nosotros. No temas el poder del vínculo entre un guerrero y su novia. No tengas miedo del placer que te daremos. Déjate ir, Jessica, estás a salvo conmigo. Te prometo que estaré aquí para atraparte. Ander estará aquí para atraparte. No tengas miedo de dejar que alguien más se haga cargo de ti. Cede y déjanos darte placer. Déjanos tocarte.

La besó en la boca, suavemente, con una delicadeza que yo no tenía, y le agradecí a la sabiduría divina haberles dado a nuestras mujeres dos hombres para complacerlas y protegerlas. Yo podía follarla con fuerza. Yo mataría por ella. Pero no podía ser lo que sí era Nial. No podría ser delicado o suave. No podría tocarla sin devorar su carne. Necesitaba poseerla, conquistarla, poseer su placer.

Necesitaba hacer que rogara.

La mano de Nial se retiró de su cuello para acariciar sus pechos, que estaban más abajo. La respiración de Jessica sonaba entrecortada cuando él movió su mano sobre su abdomen. Se detuvo a centímetros de su centro de placer y entonces se miraron fijamente a los ojos. Él la provocaba con lo que podría ocurrir a continuación.

—Di que sí, Jessica.

La besó una vez. Dos veces.

—Relájate y di que sí.

Vi cómo sus dedos se clavaban en los hombros de Nial, quizás como una manera de drenar su necesidad o en un estallido de aceptación. Luchaba contra ella misma, no contra Nial, mientras trataba de tomar una decisión.

—Sí.

Él la recompensó, deslizando su mano entre sus muslos separados e introduciendo dos dedos dentro de ella profundamente mientras tomaba el control de su boca.

Ella brincó contra su mano, su suave gemido de necesidad era como música en mis oídos, y entonces él sacó sus dedos, empapados con sus fluidos húmedos. Levantó su mano y la alejó de su cuerpo, haciendo sitio para que yo tomase su lugar.

Lentamente, con reverencia, toqué a nuestra compañera por primera vez, poniendo mis dedos en el lugar en el que estaban los de Nial. Su coño se contrajo alrededor de mis dedos; su húmedo centro de placer se envolvía alrededor de ellos.

La follé lentamente, moviendo mis dedos dentro y fuera de ella con un suave movimiento para darle placer, pero no para provocarle un orgasmo. Quería que se desesperara por sentir mi lengua en su clítoris. Quería que me rogara por que la saborease.

Provocándola con gentileza, exploré su clítoris con mi pulgar mientras la follaba con el dedo, pero no con la presión que ella deseaba. Gimió a modo de protesta, levantando sus caderas para que la tocara; tenía su boca abierta, y tomaba la lengua de Nial en lo más profundo de su boca; mientras tanto él no le daba tiempo para pensar, solo para sentir. Él inmovilizó su cabeza; una de sus manos estaba enterrada profundamente en su cabello, en la parte en donde su cuello comenzaba. El control que tenía sobre ella me endureció aún más. Le daríamos exactamente lo que necesitaba y ella lo permitiría. Se sometería.

Nial movió su mano libre hacia la parte delantera de la extraña prenda que cubría sus pechos. Observé, fascinado, cómo salía un accesorio ciborg de la punta de su primer dedo, afilado como una navaja, y cortaba la tela en menos de un segundo, para luego retraerse y desaparecer. La prenda se rasgó desde el centro, exhibiendo sus grandes pechos firmes, con pezones de color rosa pálido. Ella jadeó, retirando una mano del cuello de Nial para intentar cubrirse.

Nial envolvió su mano alrededor de su muñeca y la llevó de nuevo hacia su cuello. Ella se rindió, enredando sus dedos en su cabello mientras su mano apretaba uno de sus pechos, tirando de uno de sus duros pezones y jugando con él.

La follé un poco más rápido y exploré el techo de su cueva, buscando el lugar sensible que había leído que tenían todas las mujeres humanas, un mítico punto G que les proporcionaba mucho placer. Sus paredes interiores eran tan resbaladizas, tan calientes, y se contrajeron alrededor de mis dedos cuando lo encontré...

—Oh, Dios.

Jessica apartó su boca de la de Nial y miró hacia abajo. Se paralizó cuando me vio arrodillado, con mis dedos encajados en el fondo de su coño, y con la mano de Nial sobre su pecho.

—Oh, por Dios.

Trató de cerrar sus piernas, pero me arrodillé entre ellas; mis hombros hacían que sus rodillas tuvieran que seguir separadas. La miré a los ojos mientras sacaba mis dedos, introduciéndolos dentro de ella otra vez y rozando el lugar en su interior que sabía que la enloquecería.

—Hola, compañera.

La follé de nuevo, esta vez algo más fuerte, viendo cómo sus ojos se abrían mientras Nial pillaba mi señal. Pellizcó su pezón y mordió su oreja con menos delicadeza mientras yo la follaba con mis dedos, aliviado al no sentir su himen. No me sentía capaz de ser delicado. No *podía* ser delicado.

Ella no me rechazó, pero tampoco me aceptó; su cuerpo todavía estaba tenso. Desaceleré el ritmo y posé mis labios sobre ella, depositando un beso sobre su clítoris hinchado, moviéndolo contra mi lengua mientras respiraba su aroma femenino. Tan a punto, tan caliente, tan perfecta. Besé uno de sus muslos cremosos y luego el otro.

Se estremeció y se volvió para encontrarse con la mirada de Nial.

—Esto no está bien. ¿Qué estáis...? Quiero decir...

Jessica sacudió la cabeza, incluso mientras su coño se contraía alrededor de mis dedos, exigiendo más que el suave beso que le había dado.

—No entiendo esto. No puedo sentirme así con dos personas.

Apretó sus muslos, tratando de cerrarlos de nuevo.

—No te conozco y... oh, cielos, no debería estar haciendo esto.

Sonreí, con los labios en su sexo, y lamí su clítoris, observando cada reacción de su cuerpo. Sabía que a ella le gustaba, no por la vacilación de sus palabras, sino por la forma en que su coño empapaba mi mano.

—Ander es tu segundo compañero. Él te protegerá y cuidará de ti, igual que yo. Juntos, te daremos placer. Es algo natural y correcto en Prillon. Debes ser apreciada y complacida por tus dos compañeros, Jessica. Es tu derecho como nuestra novia.

Él bajó sus labios hasta conectar con los de ella, trazándolos con su lengua mientras yo bajaba mi cabeza y trazaba los bordes de su clítoris con los míos.

—¿Quieres que nos detengamos?

Mientras Nial esperaba su respuesta, succioné su clítoris, dando coletazos en su piel sensible con la punta de mi lengua. Chupé con más fuerza cuando ella gimió, curvando un dedo para acariciarla por dentro de la forma en que ya sabía que le provocaba placer. Al ver la forma en que estaba reaccionando, sabía que la investigación había valido la pena.

—No. No os detengáis.

Envolvió sus piernas alrededor de mi cabeza, atrapándome, y gruñí con aprobación. La vibración hizo que se retorciese y contrajo su coño, tratando de forzarme a que la chupase más y más profundo.

—No te detengas.

Su orden hizo que quisiera atormentarla y enseñarle lo que significaba tratar de dar órdenes, pero no me había ganado ese derecho. Aún no.

Primero, tenía que demostrar mi mérito. Primero, necesitaba ganarme su confianza con mis dedos y mi boca. Entonces me quedaría con su placer. Entonces la haría rogar.

Chupé más fuerte, llevándola al límite una y otra vez mientras alternaba mi manera de follarla con los dedos; primero de manera rápida y superficial, y luego lenta y profundamente. Nial la descendió, así que su cabeza colgaba por el borde de su brazo, y se llevó sus pezones a la boca; primero uno y después el otro, inmovilizándola con su mano en su cabello para que no pudiera escapar de los deseos que habíamos despertado en ella.

Cambió de posición, moviéndose para poder alcanzar su polla con su mano libre e inmediatamente copié su ejemplo, sacando la mía de mis pantalones y cogiéndola. Acaricié mi dura polla despiadadamente mientras inspiraba el dulce aroma de mi compañera y escuchaba sus suaves gritos de placer. Necesitábamos poner nuestra semilla sobre ella; solo su olor sería suficiente para dar pie a la conexión entre nosotros, para hacer que comenzara a sentir deseo por sus compañeros. Y si caía sobre su piel...

Estábamos en la Tierra, no en nuestro mundo natal, donde el poder de los collares de unión psíquicos nos ayudaría a reclamarla. Necesitábamos que estuviese lo más unida a nosotros posible, lo más rápido posible. Los químicos de unión en nuestro semen la vincularían a nosotros hasta que pudiéramos colocarle el collar de unión alrededor del cuello.

Sintiendo ganas de correrme sobre ella, moví mi polla, cogiéndola con fuerza, pero esa fuerza adicional no fue necesaria. Su sabor en mi boca fue suficiente para llevarme mucho más allá de los límites del control.

Mientras seguía con mis dedos enterrados en lo más profundo de su sexo, me moví para cernirme sobre ella; y entonces Nial sacó su polla de sus pantalones y la posó sobre su tersa panza. Froté su clítoris con mi pulgar y observé su rostro cuando los primeros movimientos bruscos de mi polla hicieron que disparara un chorro de crema espesa en la cara interna de su muslo, su cadera y luego su vientre. Nial chupó sus pezones y entonces gruñó y se corrió por toda su panza, usando su mano libre para esparcir su esencia sobre su cremosa piel.

Dejando caer mi agotado pene, hice lo mismo, esparciendo mi semen caliente en su piel, observando la manera en que su cuerpo lo absorbía como una esponja. Intrigado, no podía apartar la mirada de su rostro cuando ella arqueó el cuello, echando la cabeza hacia atrás, con la boca abierta y lanzando un grito silencioso.

Su coño se contrajo mientras se derrumbaba en los brazos de Nial; los químicos de unión en nuestra semilla la llevaron a su propio éxtasis.

La observé sin parpadear, hipnotizado por la mezcla de agonía y felicidad en sus facciones. Sabía que nunca sacaría de mi mente la imagen de su placer. Nunca olvidaría este momento perfecto.

Me puse de rodillas y succioné su clítoris una vez más, prolongando su placer mientras se corría; sus suaves gritos se convertían en gimoteos a medida que actuábamos como los insaciables compañeros de Prillon que sabíamos que éramos y usábamos nuestras manos y nuestras bocas para llevarla al límite una y otra vez. Tomamos y tomamos hasta que ella no tuvo nada más que dar, hasta que quedó completamente inmóvil del cansancio extremo. Solo entonces Nial la envolvió con la manta y se puso de pie. Limpié sus fluidos salados y ácidos de mis labios y mi barbilla, y entonces también me levanté para seguir a Nial, quien llevaba a nuestra compañera a la cámara de transporte.

Allí nos esperaba la guardiana Egara. Se sonrojó ligeramente al vernos entrar, pero se mantuvo ocupada con el equipo que estaba frente a ella.

—Envíenos de vuelta a la nave del comandante Deston —ordenó Nial.

—Lo siento. No puedo —respondió—. El Prime ha cerrado todo el transporte fuera de la segunda zona.

Sacudí la cabeza y miré a Nial, que cargaba en brazos a nuestra compañera, desnuda y somnolienta. La cabeza de Jessica estaba perfectamente encajada debajo de su barbilla, y estaba completamente relajada en sus brazos, confiando en que cuidaríamos de ella. Mi corazón se hinchó con orgullo al saber que había contribuido a provocar esa languidez satisfecha y sumisa en su cuerpo. Ya no era pálida, un rubor de deseo persistía en sus mejillas, y su mirada iba de aquí hacia allá sin cuidado ni preocupación, pues estaba segura con sus compañeros rodeándola.

—Eso significa que el único planeta que mi padre ha dejado dentro del rango de transporte es la Colonia.

Reconocí la ira en la voz de Nial. Yo también la sentí. El Prime había hecho que fuese imposible que llevásemos a nuestra compañera a casa. Llevarla a la Colonia sería peligroso. Todo el planeta estaba lleno de guerreros contaminados, de aquellos que habían sido capturados por el Enjambre y *modificados*, tal como habían hecho con Nial. Los hombres de aquel lugar eran marginados; habían sido capturados, torturados, y luego rechazados por su propia gente, abandonados para vivir el resto de sus días solos y sin compañeras en otro mundo.

Miré a nuestra compañera, miré su hermoso rostro y sus tersas curvas, y sabía que probablemente sería la única mujer en todo el planeta. Sabía, incluso antes de que Nial dijese algo, lo que él elegiría. Como el compañero principal de Jessica, tenía toda la autoridad en esta situación.

—No tenemos opción, Ander. El Enjambre la está cazando. No podemos quedarnos en la Tierra. No es seguro para nuestra compañera.

Nial me miró y yo asentí, girando mis hombros para prepararme para la batalla. Solo por si acaso.

—La colonia podría no ser mucho mejor que este lugar.

Estábamos llevando a nuestra compañera a un territorio desconocido, sin más armas que nuestras propias manos. Si los guerreros que habían sido desterrados a la colonia estaban furiosos o sentían venganza, o eran hostiles con los extranjeros, podríamos arrepentirnos de la decisión de permitir que nuestra compañera estuviese entre ellos.

—Si es necesario, robaremos una nave de transporte y viajaremos a la nave *Deston* desde allá.

Miró a Jessica, que parecía dormir entre sus brazos.

—Si nos quedamos aquí, el peligro que correrá nuestra compañera será diez veces mayor. El Enjambre enviará exploradores adicionales para atraparla cuando pierdan la señal de rastreo de la nave que has destruido. La próxima vez enviarán a más de tres.

—De acuerdo.

Confiaría la seguridad de nuestra compañera en manos de guerreros de Prillon que habían sido declarados marginales antes que en un montón de esclavos sin cerebro del Enjambre. No había lugar a dudas.

Nial le asintió a la guardiana Egara.

—Envíenos a la Colonia.

Nos subimos a la plataforma de transporte, y miré a la hermosa y morena mujer que nos había ayudado a salvar a nuestra compañera, y me sentí preocupado de dejarla atrás sin protección.

—Tenga cuidado cuando nos hayamos ido. El Enjambre podría tratar de rastrear a nuestra compañera llegando hasta usted.

—No le tengo miedo a esos bastardos.

Se veía feroz, llena de una ira que no había visto en ella antes. La vi con otros ojos mientras introducía nuestra dirección en el panel de control que estaba frente a ella.

—Es usted valiente y honrada. Sería una novia excelente.

Conocía a varios guerreros que estarían complacidos con su cabello oscuro y exótico y sus ojos cálidos.

—Ya he probado eso. No, gracias.

Su sonrisa triste fue la última cosa que vi antes de que la energía del transporte nos envolviese.

9

*J*essica

Estaba teniendo el sueño más increíble, cálido y cómodo; mi cama era una mezcla de algo suave y firme. Rocé mi rostro contra mi almohada y el aroma silvestre que emanó de ella me hizo sonreír. Una mano acarició mi panza formando círculos lentos y suaves. Se sentía tan bien que creía que estaba derritiéndome y un suspiro de felicidad se escapó de mis labios.

—No permitiré que se inicie su examinación hasta que haya despertado.

Me puse rígida. Conocía aquella voz. Nial. Pero un extraño respondió.

—Comprendo, príncipe, pero la demora podría ser peligrosa. Los otros pueden olerla.

—Huele a Ander y a mí. Tiene nuestra semilla encima.

—Sin embargo, no es suficiente. Huele a una mujer sin pareja y no está usando un collar.

La conversación era preocupante, pero no quería despertarme. No quería abrir mis ojos ni moverme de mi lugar cómodo. Y no quería lidiar con una examinación ni con ningún desafío. No quería despertar y verme en una sala llena de hombres que trataban de *olfatearme*. ¿A quién le importaba cómo olía? Hasta donde yo sabía, olía a champú de té verde y a desodorante de lavanda, como era habitual.

La extraña voz continuó:

—En la Colonia, una mujer sin compañeros es poco común, y los guerreros están exigiendo una oportunidad para desafiarse por ella.

—Ella nos pertenece.

La voz de Nial sonó con un estruendo y me sobresaltó. Mis ojos se abrieron de par en par, y noté que no estaba en una cama, sino en su regazo. Estaba mirando su enorme pecho, cubierto por una camiseta gris que lucía apretada sobre sus músculos. El pensar que esta almohada era suave definitivamente había sido parte de mi sueño, pues Nial —sabía que era el regazo de Nial sin necesidad de mirarlo, porque reconocería su olor en cualquier lugar— era puro músculo. En todos lados, incluyendo el pene que se sentía contra mi cadera.

—Está despierta. Tan pronto como sea examinada y la autorice para participar en la ceremonia de unión, la sacaremos de la Colonia. Le aseguro, doctor, que no nos quedaremos. El Enjambre la persigue.

Ander. Reconocía su voz tan fácilmente como la de Nial. Era ruidoso, descarado y directo, y muy, muy bueno con la lengua. Me preguntaba si haría todo lo demás con la misma intensidad que usó cuando me hizo sexo oral.

La mano de Nial estaba inmóvil sobre mi panza. Mi panza desnuda. Miré hacia abajo y noté que estaba envuelta en otra manta; esta era de un color rojo oscuro, no del aburrido color gris del centro de procesamiento. Su mano se había deslizado entre los pliegues para tocarme directamente. No veía a la guardiana Egara por ningún lado, pero un hombre que usaba un uniforme gris estaba de pie cerca de mí, mirándome como si fuese un alienígena. No reconocí la sala en la que estábamos. Parpadeando, miré el enorme cuerpo de Ander, vestido de manera similar con un color gris oscuro, y me di cuenta de que ni siquiera estábamos en el centro de procesamiento.

—¿En dónde estamos? —pregunté.

Mi voz sonó carrasposa y me aclaré la garganta.

Nial me estrujó con delicadeza.

—Estamos en la Colonia, a catorce años luz de la Tierra.

—¿La Colonia? —pregunté.

—Es un planeta que está cerca de la Tierra. Las fuerzas de la Coalición envían a todos los guerreros contaminados e inservibles a vivir aquí por el resto de sus vidas.

—¿Qué quieres decir con contaminados?

Su cuerpo se tensó cuando usó aquella palabra y sabía que lo había herido por algún motivo. Confiaba en mis instintos, y estos estaban exclamando a gritos que su respuesta era importante.

—Los guerreros que han sido contaminados. Como yo.

Confundida, lo miré.

—Me parece que estás bien. ¿Tienes una enfermedad o algo así? ¿Con qué cosa has sido contaminado? ¿Radiación?

—Tecnología ciborg. —Alzó su mano y apuntó al lado izquierdo de su rostro, en la coloración plateada de su ojo—. Tengo más de esto en mi espalda y mi pierna.

Ander se puso rígido mientras Nial hablaba, mirándome fijamente, como si mi reacción ante eso fuese importante. Lo miré por breves instantes. No había visto a Ander claramente sin su rostro metido entre mis piernas. Esta era la única vez que lo había visto tan serio, tan absorto. Para una mujer, aquel tipo de insistencia en *ese* lugar, era algo bueno. Mi sexo se contrajo al recordar lo habilidoso que era.

Noté la cicatriz en el lado derecho de *su* rostro. Era profunda, iba desde la cumbre de su frente, bajaba por la parte exterior de la cuenca de su ojo y su mejilla y acababa en su cuello. Recorrí el sendero de la cicatriz con mis ojos, imaginando cómo algún tipo de navaja habría cortado su piel, y decidí que tenía que besar aquella marca luego, recorrerla con mi lengua.

La voz de Nial hizo que dejara de prestarle atención a Ander y me volví hacia él mientras me daba una explicación.

—El Enjambre es nuestro enemigo, así como el de la Tierra. Si un guerrero de cualquier planeta es capturado, entonces son *modificados* para convertirse en guerreros ciborgs. Yo fui parcialmente modificado antes de que me rescatasen. Sin embargo, para el Prime de Prillon, para mi padre, soy lo suficiente ciborg para considerarme contaminado.

Sus dedos apretaron mi piel y luego se relajaron.

—En mi mundo se considera que estoy arruinado; soy un marginado, no merezco una novia. —Apartó su mirada, mirando hacia un lugar más allá de mis ojos, y fruncí al ceño al notar su pena mientras continuaba—: Esta es la razón por la cual mi padre negó tu transporte, Jessica. Poseo tecnología ciborg que jamás podrá ser eliminada.

—¿Y qué?

Dirigí mi mano hacia su mejilla para tocar su piel, de un matiz plateado, con mis dedos. La suavidad de la piel con aquel tono extraño me tomó por sorpresa, así como su calidez. Pero era parte de él, tan simple como eso.

—¿Qué tiene que ver con lo otro?

Su tranquilidad no era natural y su mirada se posó en mi rostro. A nuestro lado, el desconocido también se había detenido, como si los hubiese impresionado tanto que tenían que quedarse callados. Confundida, me volví hacia Ander y hallé fuego en su mirada; un deseo puro recorría sus ojos para devorarme. Me estremecí, incapaz de detener el flujo de calor que hizo que mi sexo se contrajese con anhelo mientras lo veía a los ojos. Recordaba vivamente aquella mirada cuando había chupado mi clítoris, haciéndome gritar. Sacudí mi cabeza, tratando de apartar la mezcla de necesidad y confusión que estaba sintiendo.

—Estáis locos todos. No creo que quiera ir a Prillon, no si esta es la manera en la que tratáis a vuestros veteranos.

Pensé en los amigos que habían estado en servicio, en aquellos que habían perdido extremidades, que habían sido quemados por explosivos, que habían recibido disparos, que habían sido heridos. Eran buenos hombres y mujeres, soldados que habían servido con honor y merecían ser tratados con cuidado y respeto cuando volviesen a casa. No podría imaginar enviar a un veterano herido a un sitio equivalente a una colonia penal, un marginado al que se le negaba el derecho de tener una compañera y una familia, simplemente porque una herida había cambiado su apariencia.

—¿Qué sucede con vosotros? Deberíais sentiros avergonzados si es así como tratáis a vuestros veteranos.

—¿Qué es un veterano?

El hombre desconocido hizo aquella pregunta y aparté mi mirada de los ojos de Ander para responderle.

—¿Quién eres tú?

Quería saberlo, pues estaba sentada medio desnuda en la misma sala que él, y parecía que pensaba que tenía derecho de permanecer aquí.

—Soy el doctor Halsen.

Lo inspeccioné, noté que tenía la misma pigmentación dorada y facciones marcadas que Nial y Ander. Sus ojos eran del color del whisky, y su uniforme consistía de un extraño chaleco verde que lucía más como una prenda de camuflaje de bosque que un uniforme médico. También era enorme, cerca de los dos metros.

Pero como sea. Como lo diría Dorothy, "me parece que ya no estamos en Kansas".

—Veterano. Soldados que han servido y luego son dados de baja.

Sacudió su cabeza, con aparente confusión en su rostro. Suspiré. Intentaría de nuevo, esta vez en idioma alienígena.

—Guerreros que han luchado en las líneas de fuego. Algunos de ellos son heridos y luego son enviados a casa con honor. Los llamamos veteranos, y yo soy una de ellos.

Tiré de la manta que me cubría, mientras el doctor me observaba con confusión en su mirada.

—¿Cómo es esto posible? Las mujeres no luchan en la guerra —respondió.

—De donde vengo, las mujeres pelean. Trabajan. Sirven en el ejército y en el orden público. No se mantienen al margen esperando que un hombre las salve.

Lo miré fijamente, irritada por la manera en la que trataban a sus soldados en general, y en particular por su actitud misógina. Toda la testosterona machista en esta sala me ponía furiosa. Ninguno de estos alienígenas se había ganado mi lealtad ni mi confianza... Bueno, solo Nial, cuando me salvó de aquel explorador del Enjambre. Vale, quizás Ander también, pues se había deshecho del mismo explorador.

El doctor se acercó y yo me eché hacia atrás contra los brazos de Nial, totalmente consciente del hecho de que estaba desnuda bajo esa manta.

—Fascinante. ¿Y tú, *tú* luchaste en alguna batalla? —preguntó el doctor, pero era Ander quien dio un paso al frente, impaciente por oír mi respuesta.

Asentí una vez.

—Sí. En numerosas ocasiones.

Los brazos de Nial me apretaron con más fuerza, pero lo ignoré mientras seguía observando al doctor; su incredulidad era evidente, y se notaba por sus cejas alzadas y sus labios fruncidos, incluso antes de que dijese una palabra.

—No te creo.

Empujé a Nial y me escabullí de su regazo. Si este imbécil alienígena realmente era un doctor, nada de lo que le mostrara lo impresionaría.

Me levanté orgullosamente, colocando la manta roja alrededor de mis hombros como si fuese una túnica real. Subí mi mano y eché mi cabello hacia atrás para que no se interpusiera en lo que estaba a punto de hacer.

—No recibí estas cicatrices horneando galletitas.

Sin dejar de verlo, dejé caer la manta a mis pies y me giré para que él viera las feas cicatrices de bordes irregulares que iban desde mi hombro hasta mi cintura, a lo largo de mi trasero y sobre mi muslo. Ander se acercó, con los hombros tensos, pero Nial levantó una mano para evitar la interferencia de Ander. Los ojos de Nial se posaron sobre los míos mientras lo miraba de forma retadora, desafiándolo a que me impidiese bajarle los humos al pomposo doctor.

Sabía que Nial podía ver la parte frontal de mi cuerpo, mis pechos y mi vagina, pero no me importaba. Debería haberme preguntado por qué me encontraba desnuda, mientras que Ander y Nial estaban vestidos con camisas y pantalones idénticos. Se los preguntaría luego, pero ahora tenía algo que demostrar.

No exhibía mi cuerpo para provocar y atraer al médico. Lo oí moverse, y hablé con el hombre sin dejar de observar a Nial.

—No me toques.

Hubo un silencio; luego oí su voz, que contenía una entonación previamente ausente de admiración y respeto.

—Así que es cierto. ¿Ha sido herida y luego la han enviado a casa? ¿Es una de las marginadas? ¿De aquellos a los que llamáis veteranos?

Estaba a punto de estrangularlo. Me di la vuelta y levanté la manta para cubrirme.

—Nuestros veteranos no son marginados. Son atendidos y tratados con respeto. Siguen adelante con sus vidas. Intentamos integrarlos completamente en la sociedad. Muchos de ellos tienen familias junto a las cuales volver.

Ante su mirada confundida, volví a hablar en idioma alienígena nuevamente.

—Compañeras y niños que esperan por su regreso.

—¿Vuestros marginados pueden reclamar compañeras?

Ander se agachó a mi lado, mirándome a la cara con asombro en su rostro. Me incliné hacia delante y coloqué mi mano sobre su cicatriz en su mejilla, tracé la línea con la punta de mis dedos como me lo había imaginado, haciéndole saber que su cicatriz no lo hacía menos atractivo para mí.

—Algunos les guardan rencor a todos los soldados, pero en su mayoría esas personas están enojadas por todas las guerras que hay en la Tierra, no con el soldado que luchó. La mayor parte de nuestra gente trata a todos los soldados con mucho respeto.

Sonreí, viendo cómo se estremecía bajo mis suaves caricias, y reconocí que mis caricias eran una clase de reclamación propia.

—Así estén heridos o no.

El silencio de los hombres a mi alrededor era sofocante, hice mi mano a un lado y me aclaré la garganta. Miré alrededor de la sala con forma extraña. Era circular, estaba cubierta con un vidrio oscuro desde la mitad de la pared hasta el techo. El suelo era de un color gris sólido y liso, como si estuviese hecho de mármol. No vi puertas ni ventanas. Podríamos estar en una nave especial o muchos metros bajo tierra. No tenía modo de saberlo.

—Entonces, ¿por qué estamos aquí? ¿Por qué me habéis traído a este horrible lugar?

La sala no era horrible, pero por lo que habían dicho de la Colonia, no era Disneylandia. Solo podía imaginarme cómo sería la vida fuera de las puertas de esta sala.

—No te preocupes, compañera. Solo nos quedaremos aquí durante el tiempo suficiente para asegurarnos de que estés bien —prometió Ander.

Se puso en pie para estar a mi lado, pero era muy alto y se inclinó un poco para poder verme a los ojos.

—Una nave está esperando para transportarnos a la nave *Deston*. Pero antes de que nos vayamos debes ser examinada por el doctor para garantizar que estés lo suficientemente sana para la ceremonia de unión.

Pasé revista de mi cuerpo. Las heridas de los perdigones ya no dolían. De hecho, se sentía como si jamás hubiese ocurrido. No tenía más quejas, aunque me sentía algo sensible entre las piernas. Me sonrojé pensando en la manera en que los dedos de Ander me habían llenado. Follado. Llevado al orgasmo una y otra vez. No, eso no era todo. También había puesto su boca en mi coño y había lamido mi clítoris, lo había chupado, incluso lo mordió hasta que me corrí. El último recuerdo que tuve de la Tierra había sido ser envuelta sobre el regazo de Nial en el centro de procesamiento, con las bocas de mis compañeros sobre mí, haciendo que me corriese.

Oh, cielos, la Tierra. Ya no estaba en la Tierra. Aquel pensamiento fue rápido y fugaz, porque Ander se puso de pie frente a mí y Nial se movió para traspasar su calor a mi espalda. Estaba rodeada, y ya no podía ver al otro hombre en la sala. No lo extrañe. Me había molestado con su actitud, con sus preguntas sobre mis habilidades simplemente porque era mujer.

—Estoy bien. No necesito ser revisada por un médico.

—Claro que sí —respondió Ander.

Se enderezó y se fue a sentar en una mesa que estaba varios pasos detrás de Nial, aunque no la había visto antes. Ander colocó sus manos sobre la dura superficie. El médico, todavía presente, comenzó a coger objetos extraños de los estantes que se alineaban en una pared. Cuando miré a mí alrededor por primera vez, me di cuenta de que estábamos en una sala de examinación y que tenían toda la intención de revisarme. Los tres.

Esto no sería un rápido *vistazo* a las cicatrices en mi espalda. Este era un examen médico.

Por la forma en la que Ander me estaba mirando, parecía que no cambiaría de opinión. Alcé mi barbilla para mirar a Nial, esperando que entrara en razón.

—Estoy bien. De verdad.

Levantó sus manos para tomar mi rostro, alzando mi cabeza para que pudiese observarlo.

—Te dispararon, Jessica, y te han sanado con una varita ReGen de hace décadas. Debimos haber esperado para comenzar el proceso de unión, pero no podíamos anticipar cuán fuerte sería tu reacción. No te dimos la oportunidad de recuperarte de nuestro semen y te transportamos al otro lado de la galaxia. No sabemos si has sido perjudicada en el transporte. No confío en la varita ReGen que se usó para sanar tu piel, o en cualquier otro daño interno que no sea visible. Además, necesitamos conocer la gravedad de tus otras heridas.

—¿Qué otras heridas? Estoy bien.

Entrecerré los ojos. ¿De qué demonios estaba hablando? No tuve ninguna otra herida.

—Tienes muchas cicatrices, querida novia guerrera. No sé si estás completamente curada de tus heridas de guerra. Necesitamos saber si puedes llevar a un niño en tu vientre con seguridad. Si podemos follarte como nos gustaría. Has aceptado la semilla que hemos dejado sobre ti. La unión ha comenzado, pero tu reacción ha sido muy...

Sus ojos se llenaron de una mirada lujuriosa que ya reconocía en mi compañero.

—Extrema.

—¿Es eso malo? —pregunté, confundida.

¿No les gustaban las mujeres apasionadas?

—Sabíamos que la reacción de tu cuerpo sería única, pero las sensaciones que experimentaste cuando esparcimos nuestra esencia en tu piel serán débiles en comparación con la intensidad que sentirás cuando tengas nuestro semen dentro de tu cuerpo.

Dios, me daría un infarto al corazón si esto se volviera más intenso. El pensamiento hizo que mis pechos se endurecieran, y sabía que mis compañeros encontrarían una húmeda bienvenida entre mis piernas.

Ander respiró hondo y casi gruñó desde el otro lado de la sala. Podía oler lo mojada que estaba, maldita sea. ¿Cómo pudieron hacer eso? Apreté las piernas, pero era inútil, lo sabía.

—A veces te tomaremos más de una vez.

Negué con la cabeza, tratando de darle sentido a todo lo que me había sucedido en las últimas horas. Recordé a Nial abrazándome, tocándome. Recordé el impacto al ver la boca de Ander en mi sexo, el calor de su semilla cuando cogieron sus pollas con sus propias manos y me empaparon, reclamándome de una manera primitiva.

Después de eso... las cosas se pusieron borrosas. Traté de recordar cuál de ellos me había agarrado el muslo, quién me había chupado los pezones, la mano de quién se enredaba en mi cabello y los dedos de quién estaban dentro, en mi sexo... Pero todo se fusionó hasta provocar una misma cosa... un placer tan intenso que era imposible respirar. Me había perdido, ahogándome en el placer, ahogándome en estos hombres. Mis hombres, si aceptaba su reclamación. Mis compañeros. Levanté la vista para encontrar a Nial mirándome fijamente.

—Todavía sientes nuestra conexión, compañera. No trates de esconder tu deseo. Gritaste en mis brazos, tus roncos gritos de placer aún resuenan en mis oídos. Y aunque me complace saber que estés tan... abrumada por nuestra conexión, tu reacción no es lo que se esperaba de una novia de Prillon.

Me sonrojé violentamente. Podía sentir el calor de mi rubor colorando mi cara y cuello. No necesitaba que me recordasen que me encantó lo que me habían hecho. Amaba cada beso, cada caricia. Pero que me dijeran que mi reacción no había sido normal confirmó lo que ya sospechaba. Yo no era material de princesa. Si no podía controlar la intensidad de su semilla alienígena cuando caía sobre mi piel, deberían buscar una novia en otro lugar. Había perdido el control y... debía haber perdido el conocimiento también, porque no recordaba nada más. ¡Y ni siquiera me habían follado!

Me habían dado un orgasmo tras otro, y habían sido tan intensos que me perdí por completo. Me había olvidado de dónde estaba y no me había importado. Había estado fuera de control, y eso era peligroso. Habría dejado que me hicieran cualquier cosa.

Cualquier cosa. Probablemente, incluso, les hubiera pedido más.

—Eso no significa que deba ser examinada. Simplemente significa que eres bueno —gruñí lo último, admitiendo lo mucho que él y Ander me afectaban.

Si alguien me iba a examinar, debería ser un psiquiatra. Ninguna mujer debería sentirse tan apegada a dos hombres que apenas había conocido. Ninguna mujer debería haber permitido que le hicieran lo que ellos me habían hecho a mí. No, no lo había permitido. Había pedido más.

—No te hemos follado todavía —dijo Ander, como si necesitara un recordatorio de algo así—. Pero lo haremos. Pronto.

Miré al médico y le di a Ander una mirada de advertencia, pero él no parecía estar tan avergonzado como yo.

—Estoy bien.

—Si estás tan... afectada por mis dedos y mi boca, por nuestra semilla sobre tu panza y tus pechos, entonces es posible que te lastimemos cuando tengas nuestras pollas dentro.

—Ander —dije entre dientes, deseando que se callara ahora mismo.

—Dice la verdad —añadió Nial—. Nuestro trabajo es protegerte, no lastimarte. Debemos asegurarnos de que estés lo suficientemente saludable para tomarte de manera adecuada.

Se puso en pie, cogiéndome en brazos, y me colocó sobre la mesa de examinación.

—¿A qué te refieres con manera adecuada?

¿Qué podría ser, además de follar? Aunque para ser completamente honesta conmigo misma, no me oponía por completo a la idea de cabalgar la enorme polla de Nial o de tomar turnos para tenerlos en mi boca, saboreando su semilla mientras un orgasmo se desataba por todo mi cuerpo.

—Esta es la segunda vez que soy examinada.

La mesa era similar a la del centro de procesamiento, en donde la guardiana había extraído los pedazos de metal de mi espalda y mi muslo, y había usado aquella increíble varita sanadora.

—Si algo estuviese mal conmigo, la guardiana Egara lo habría dicho.

—No es cierto —dijo Ander—. Te dimos nuestra semilla, después de eso te dimos nuestro placer.

Sus enormes manos desarroparon la manta para mostrarle mi cuerpo al doctor. Pero ya calmada, encontré que hacerle frente a la inspección era insoportable. No quería que el doctor me mirara, y mucho menos que me tocara.

—¡Ander!

Me apresuré a coger la manta, pero inmovilizó mis muñecas y se dirigió hacia el otro lado de la mesa, colocándome en una posición reclinada, con mis muñecas fijas sostenidas por una de sus enormes palmas. Al tener mis brazos por encima de mi cabeza, mi espalda se arqueaba y mis pechos sobresalían.

Mirando hacia arriba, entrecerré mis ojos para ver a aquella bestia.

—¡Déjame ir!

Sacudió su cabeza lentamente.

—Te revisarán. Nuestro trabajo es garantizar tu seguridad y bienestar.

Nial se colocó a mi lado y ladeó su cabeza.

—Vamos a follarte, Jessica. Muy a menudo, y totalmente. El doctor se asegurará de que puedas soportar las necesidades de tus compañeros.

Ander olisqueó algo en el aire.

—¿Puedes olerla?

Nial contempló a Ander.

—Sí. Interesante.

Me resistí a la fuerza de Ander, pero sabía que era inútil. Sin embargo, insistí. El maldito doctor seguía tranquilamente al pie de la mesa. Claramente, estaba esperando una autorización para comenzar.

—¿Qué demonios es interesante? —pregunté.

Nial alzó una ceja al oír mi tono enojado. No era *él* quien estaba siendo inmovilizado, desnudo frente a un completo desconocido.

—Lo interesante, compañera, es que esto te excita.

—¡No! —repliqué, pero mis pezones se convirtieron en picos endurecidos.

Cerré mis muslos fuertemente a modo de desafío. Quizás si los cerraba, mis compañeros no olerían lo que la firmeza de Ander le estaba haciendo a mi cuerpo. La lógica detrás de eso era completamente ridícula, y me desconcertó. De alguna manera, muy en el fondo, sabía que, si estos compañeros me reclamaban, necesitaba saber que eran más fuertes que yo. Había pasado toda mi vida protegiendo a otras personas, y todavía no había conocido a un hombre que me hiciera sentir como si realmente pudiera protegerme mejor de lo que yo lo hacía.

Ander podía sujetarme, mantenerme inmóvil exactamente como quería con una sola de sus manos firmes. Esta clase de dominación hizo que una parte de mí se enojara, me dio ganas de luchar, de desafiar su dominio. Pero ¿y la otra parte de mí? ¿La parte que había mantenido profundamente enterrada en mi alma, la chica que no podía quedarse callada y que quería sentir que el mundo era un lugar seguro de nuevo? Esta parte se estaba despertando ahora, esperando ser liberada. Cuanto más luchaba contra ella, más salvaje se volvía dentro de mí, hasta que mi necesidad por sentir las caricias dominantes de Ander hizo que se formase una guerra civil entre mi corazón y mi mente. Elevé mis caderas, y mi corazón latía tan fuerte que estaba seguro de que se podían escuchar los golpeteos en la sala contigua.

Necesitaba saber que, sin importar lo que hiciera, Ander estaría allí; y que sería lo suficientemente fuerte como para controlarme, para controlar el mundo que me rodeaba.

Nial colocó una gruesa correa negra alrededor de mis caderas y la ajustó a la mesa para que no pudiera levantarlas. Cuando pataleé, él colocó mis piernas sobre unos estribos que el doctor había sacado de debajo de la mesa. No había duda de que los había tenido bien escondidos, porque si los hubiera visto antes, me habría escabullido por la puerta. Los estribos, claro, eran similares a los de la oficina de mi ginecólogo, y Nial me ató los tobillos al grueso metal. Cuando terminó, miró a Ander.

—¿Necesitas correas para sus brazos?

Ander se rio entre dientes y se inclinó para susurrar su respuesta en mi oído.

—No. *Disfruto* sujetándola.

Oh, cielos. Eso me había puesto realmente caliente.

Nial sonrió y usó una extraña manivela para ajustar los estribos, abriendo mis piernas y exhibiendo mi coño desnudo; el borde de mi trasero estaba prácticamente suspendido de la mesa. En vez del doctor, fue Nial quien se colocó entre mis piernas e introdujo uno de sus largos dedos en mi coño mientras yo jadeaba.

—Está tan húmeda, Ander. Podríamos tomarla ahora, sentir sus deliciosos jugos en nuestras pollas y tomarla duro y rápido.

Las manos de Ander se tensaron, cerrándose alrededor de mis muñecas, pero no me hizo daño. Quería retorcerme, pero incluso aquel pequeño acto de desafío me fue negado por la pesada correa sobre mis caderas. Estaba tan enojada que quería escupirle a Nial y arañarle los ojos; y estaba tan excitada que esperaba que me bajase los pantalones y me follara mientras Ander me sujetaba y observaba.

¿Qué demonios estaba mal conmigo?

Nial se volvió hacia el doctor y asintió antes de alejarse, dándole espacio al doctor para que hiciese lo que sea que estaba a punto de hacerme. No tenía ninguna esperanza de escapar de lo que fuera que hubiesen planeado.

Vi cómo Nial lamía los fluidos que quedaban en sus dedos, envolviendo su lengua alrededor de la punta como si fuese la miel más dulce de todas.

Decidida a no rendirme, me volví para ver al doctor contemplándome. Parecía resignado, completamente profesional. No vi excitación ni deseo en su mirada, lo que ayudó. Sin embargo, cuando noté los dos consoladores entre sus manos, arqueé la espalda y redoblé mis esfuerzos para soltarme del férreo agarre de Ander.

10

ial

ME QUEDÉ OBSERVANDO cómo el doctor se acercaba hacia mi compañera. Era hermoso contemplar su rebeldía. Siempre me había imaginado junto a una reina dócil y sumisa, pero ahora agradecía a los dioses y a los protocolos de emparejamiento por haberme dado a un pequeño demonio, a una guerrera que no tenía miedo de luchar, y no se sentía intimidada por las cicatrices de sus compañeros.

—Ni pensarlo. ¿Qué demonios crees que haces? —le gritó al doctor, pero él ignoró sus protestas y colocó los objetos en el pequeño separador que sacó de un lado de la mesa—. ¿Qué clase de examen requiere que se usen esas... cosas?

Alzó una mano con dirección a su muslo, pero ella se movió violentamente y luchó contra Ander con tanta ferocidad que temí que uno de sus vasos sanguíneos en su corazón se rompiera si no la calmábamos. El equipo médico era necesario para su sobrevivencia en Prillon. No solo necesitaba estar seguro de que la reclamación no la lastimase, sino que también la había sacado de la Tierra sin tener un procesamiento adecuado; no tenía los implantes biológicos esenciales que necesitaría para vivir una vida feliz y sana en Prillon.

Elevé mi mano y el doctor retrocedió. Jessica estaba jadeando cuando me posicioné a su lado.

—Jessica, por favor. No vamos a lastimarte. El doctor está siguiendo el protocolo habitual. Todas las novias pasan por el mismo proceso de evaluación. Te prometo lo siguiente. Confía en mí. No permitiré que te lastime de ningún modo.

—Basura. Todo esto es mentira. Ningún examen médico requiere consoladores, imbéciles pervertidos. ¡Soltadme!

Luchó con fuerza y el sistema de alarmas que monitoreaba su presión sanguínea y ritmo cardíaco comenzó a repicar.

—Necesita calmarse. Podría sufrir un derrame.

Las palabras del doctor me causaron profunda preocupación, y sabía que era tiempo de mostrarle a mi nueva novia el verdadero significado de la disciplina prillon.

Me acerqué a ella y coloqué mi mano sobre su pecho.

—Cálmate, Jessica. Este examen es necesario. Para de resistirte o tendré que darte unas nalgadas hasta que tu trasero esté al rojo vivo.

Me fulminó con la mirada, arqueando su espalda mientras trataba de soltarse de Ander.

—¿Qué? ¿Como si tuviese tres años? No. Suéltame.

—Confía en nosotros, compañera. El doctor no te lastimará. —Ander trató de ayudar a nuestra causa—. Te prometo que si te lastima, muere.

—No. —Se resistió, volviendo su cabeza y moviendo su cuello, tratando de morder mi brazo para que la soltase.

—Te lo advertí, Jessica. Ahora aprenderás lo que significa desobedecer a tu compañero.

Alcé mi brazo y me dirigí hacia el extremo de la mesa, en donde se podía ver su trasero, perfectamente circular, con sus piernas bien abiertas y sujetas por las correas. Posé la palma de mi mano sobre su tersa y redondeada piel y la acaricié suavemente, para asegurarme de que supiera en dónde se encontraba y el sitio en el que planeaba azotarla.

—Voy a darte unas nalgadas ahora, porque te has negado a escucharme. Cuando se trate de tu salud o tu seguridad, Jessica, no aceptaré algo así.

La miré a los ojos y ella se calmó lo suficiente como para hablarme.

—Ni se te ocurra.

Le di un azote rápida y fuertemente; su grito fue de ira, no de dolor.

—Eso sería uno.

—Imbécil.

—Esto te costará otra nalgada, Jessica. Es mejor que aprendas a tener cuidado con lo que dices.

Entonces le di un azote de verdad, haciendo que su trasero se tornase de un color rojizo; me sentí profundamente satisfecho cuando su bombardeo verbal se convirtió en rabia silenciosa; su coño rosa brillaba dándome una húmeda bienvenida mientras yo inspeccionaba sus pliegues, dándole tiempo para que se ajustara a su nueva posición y me aceptara como su amo, como su verdadero compañero.

Tal y como lo esperaba, la pausa en mi lección hizo que su insolencia volviese a surgir.

—¿Eso es todo? Porque si es así, entonces ya puedes ir a tomar por culo y soltarme. No dejaré que ese doctor me folle con sus juguetes sexuales como un pervertido.

Intercambié miradas con Ander y asentí para asegurarme de que la sostuviese mejor. Introduciendo dos dedos dentro de su húmedo coño, usé el otro para acariciar su clítoris mientras la follaba, llevándola al límite, al borde del orgasmo, y entonces me detuve.

—Esto es solo el inicio de tu lección, ya que sigues hablándole a tu compañero con esa falta de respeto.

Su gemido de placer angustioso me complació mientras veía cómo su coño se contraía sin nada dentro, desesperado por lo que acababa de negarle.

—Ahora contarás, Jessica. Cuenta hasta veinte mientras te castigo por haberme desobedecido. Cuando acabemos, le diré al doctor que venga para continuar con el examen.

—No quiero el examen.

Su pecho subía y bajaba, exhibiendo su hermoso cuerpo para nosotros. Era todo lo que podía hacer para no bajarme los pantalones y follarla allí mismo, en el extremo de la mesa. Pero esa no era la razón por la cual estábamos aquí. Necesitaba los implantes biológicos que le daría el doctor, y necesitaba que estuviese sana antes de que Ander y yo la tomáramos por completo. No quería esperar más solo porque era demasiado testaruda como para permitir que realizaran la examinación médica habitual.

—Lo sé. Pero es necesario. Dejarás que se ocupe de ti o te azotaré hasta que entres en razón. ¿Me entiendes?

—Vete al infierno.

Con fuerza y lo más profundo que pude, inserté tres dedos en su coño, rozando la punta de su útero mientras ella arqueaba su espalda con un débil grito, y las paredes de su coño se cerraron alrededor de mis dedos en señal de bienvenida. Froté su clítoris hasta que comenzó a gemir, pero no dejé que se corriese. Tendría que someterse ante mí completamente o no se movería de esta mesa.

—No olvides contar, Jessica.

Saqué mis dedos y volví a atizar su trasero desnudo. Iba por la tercera nalgada cuando comenzó a contar.

—Tres.

—Empieza por el uno, compañera. Comenzaremos con uno.

Se estremeció cuando la azoté otra vez, pero su voz susurró la palabra que yo quería escuchar.

—Uno.

Zas.

—Dos.

Zas.

Continué así hasta veinte. Su trasero tenía un hermoso color rojo y su pulso se había acelerado. Estaba temblando, arqueando su espalda mientras se formaban lágrimas en las esquinas de sus ojos. Su voz había pasado a ser sollozos temblorosos para cuando acabé, pero estaba tranquila y sumisa bajo las manos de Ander.

Volví a colocarme a su lado, extendiendo la palma de mi mano sobre su pecho mientras ella miraba hacia un lado, sin verme a los ojos.

—¿Estás lista para permitir que el doctor te examine ahora, compañera?

—No entiendo por qué debo hacer esto.

No estaba feliz, pero estaba escuchando.

—El doctor debe evaluar tu sistema nervioso para asegurarse de que esté funcionando adecuadamente. Hay unos implantes que necesitas para poder vivir en nuestro mundo. También comprobará tu fertilidad y se asegurará de que no tengas ninguna enfermedad.

—¿Qué es eso? ¿Cuáles implantes?

Se estremeció mientras aguardaba mi respuesta. La verdad era que no estaba seguro de cómo funcionaba todo, exactamente, así que me volví hacia el doctor.

—¿Doctor? Por favor, responda la pregunta de mi compañera.

El doctor dio un paso al frente, pero Jessica se movió violentamente en los brazos de Ander, así que se detuvo en donde estaba para hablar.

—No le han colocado por completo los implantes de las unidades de bioprocesamiento prillon. También debemos realizar eso.

—¿Qué significa eso?

El doctor asintió.

—Nuestra tecnología recicla toda la materia hasta su forma básica. La ropa que usamos, la comida que comemos y los desechos producidos por nuestros cuerpos es recuperada y reusada por nuestros sistemas. A los niños de Prillon se les colocan los implantes adecuados al nacer. Sin embargo, debido a que viene de la Tierra y no completó todo el procesamiento antes de su... transporte fallido, no tiene los implantes necesarios para la vida en nuestras naves de guerra. —Extendió sus manos y dio un paso al frente, titubeante—. Por mi honor como guerrero y doctor prillon, no pretendo hacerle ningún daño.

—Bien. Haga lo que tenga que hacer.

Cerró sus ojos y giró la cabeza hacia otro lado. Su mandíbula estaba tensa, pero sus brazos se relajaron, todavía sujetados por los de Ander. Él se inclinó sobre nuestra novia y la besó delicadamente, recogiendo las lágrimas en su mejilla con sus labios.

—Buena chica, Jessica. No te preocupes, compañera. Te mantendré a salvo. Tienes mi palabra.

Me posicioné al lado de Jessica, teniendo al doctor cerca de mí y al coño de Jessica, suave y rosa, en la vista. Confiaba en el doctor, pero hasta cierto punto. Estábamos en la Colonia, y no estaba completamente seguro de su lealtad. Un movimiento en falso, un destello de deseo en sus ojos, y le arrancaría la cabeza. Me miró, sosteniendo el primer instrumento por lo alto. Coloqué mi mano sobre el muslo de Jessica para que supiera que estaba vigilando.

—Comience, doctor.

El médico separó los labios hinchados del coño de Jessica,

mostrándome su centro, y no pude apartar la vista de aquella imagen mientras se preparaba para insertar un escáner largo y grueso en su cuerpo que pondría a prueba su fertilidad y buscaría alguna enfermedad. Un accesorio secundario ajustable sería el encargado de probar el sistema nervioso de mi compañera y la reacción a los estímulos sexuales, pero aún no estaba conectado al sensible clítoris de Jessica. Sabía que todo en ella funcionaba perfectamente, su reacción al sentir la boca de Ander sobre ella era toda la prueba que necesitaba. Sin embargo, los protocolos debían cumplirse, de lo contrario no sería aceptada como novia de Prillon. Y ella no sería solo una novia de Prillon, sino una princesa de Prillon.

El médico introdujo el instrumento; el grueso dispositivo acababa de entrar en el coño húmedo de mi compañera, dilatándola para hacer que la sonda de tamaño considerable pudiese entrar por completo. El suave gemido de Jessica me puso tan duro como una roca mientras el largo instrumento, casi del tamaño de mi propia polla, desaparecía lentamente entre sus ávidos pliegues de color rosa. La estación de registro de datos que estaba en la pared comenzó a mostrar números y otra información que no entendía, pero el médico examinó los datos y asintió con aprobación antes de coger el segundo dispositivo, que sabía que estaba destinado al culo de Jessica. Este era mucho más pequeño que la polla de Ander, y se usaría para medir su estado de preparación para ser follada por sus dos compañeros a la vez, lo cual era la única manera de estar verdaderamente unidos.

Pasé mi mano por encima del suave muslo de Jessica, pues necesitaba saber que estaba con ella, y porque necesitaba tocarla, recordarme a mí mismo que era real y mía. Necesitaba que este examen terminara lo más rápido posible.

Necesitábamos que el doctor nos entregase nuestros collares de unión, y él no lo haría hasta que su examen médico lo autorizara a hacerlo. Sin mi collar alrededor de su cuello, todos los hombres sin pareja en la Colonia creerían que tenían el derecho de desafiarme por ella.

Y lo harían. Ya podía escuchar a los guerreros reuniéndose, arremolinándose en el otro lado del cristal, observando mientras mi hermosa compañera era examinada. Tenían el derecho a ser testigos de esto, y no tenía ninguna duda de que, al menos, uno nos desafiaría. La única pregunta en mi mente era cuántos de ellos tendríamos que matar Ander y yo antes de sacar a nuestra compañera de este planeta.

Jessica

Fui atada a la mesa de examinación, me mantuvieron con las piernas abiertas y expuesta, cuando entonces el médico insertó un consolador gigante en mi coño mojado. No sabía qué más esperar, pero la fuerza de Ander, quien me sujetaba por las muñecas, no había disminuido; y ahora la mano áspera de Nial acariciaba las paredes internas de mi muslo, de arriba abajo, como si estuviera acariciando a un gatito.

No entendía lo que me acababa de suceder, pero me dolía el trasero, me sentía totalmente humillada y desesperada por sentir las caricias de Nial, por su tranquilo dominio, que deseaba levantarme de la mesa de examinación y aterrizar en sus brazos. Por primera vez en días, quizás semanas, mi mente estaba sosegada y clara; mi miedo se había ido. Me sentí en paz.

Los años de condicionamiento me habían hecho pensar que debería estar enojada por el trato que se había gastado conmigo, por su castigo y su exigencia de obediencia. En cambio, su roce simplemente me había dejado sedienta por más; me hizo desear que el médico nos dejara en paz para poder sentir la gruesa polla de Nial en mi cuerpo en lugar de la dura sonda. Ya había experimentado el éxtasis de su semilla de unión y ya la anhelaba con una necesidad desesperada que me habría avergonzado si no estuviera lidiando con cosas mucho más humillantes en este momento. Como el dedo del doctor explorando la estrecha abertura virgen de mi culo y empujando hacia adentro con algo cálido y viscoso que recubría su dedo.

Jadeé.

Sabía cómo se sentía el lubricante, pero en lugar de la gelatina fría a la que estaba acostumbrada en el consultorio del médico, este líquido se sentía como un aceite tibio que se derramaba por mi trasero, cubriendo mis entrañas con una sustancia que me hacía sentir aún más sensible.

Cuando la cabeza redondeada de un segundo dispositivo comenzó a penetrar mi cuerpo, me di cuenta de que mantener los ojos cerrados era una mala estrategia. De hecho, todo lo que había logrado era hacer que me concentrase en cada detalle, no podía pasar por alto la sensación más mínima en aquel momento. Podía contar la velocidad de cada respiración de Ander y escuchar el golpeteo de su corazón. La actitud de Nial, a mi lado, era cautelosa y alerta, y extrañamente orgullosa, como si estuviera mostrando mi coño como un trofeo.

El doctor, aunque profesional, me estaba haciendo cosas que nunca antes había experimentado. Cuando el extraño dispositivo se introdujo dentro de mí, apreté el culo, tratando de evitar su entrada. Resistiéndome a él.

Nial me dio una palmada en la parte interna del muslo con un golpe rápido y cortante, y jadeé con sorpresa cuando la llamarada se extendió por todo mi torrente sanguíneo.

—Deja de resistirte, Jessica. Deja que haga lo que se necesita para que podamos irnos.

Abrí mis ojos para encontrar a Ander mirándome con un deseo tan puro en sus ojos, que me paralicé, incapaz de negarme.

—¿Tu culo es virgen, no?

Su pregunta fue siniestra y grave.

Me sonrojé y asentí.

Por toda respuesta lanzó un gruñido grave.

Me relamí los labios.

—Ander. Distráeme.

Sonrió. Dios, era tan atractivo. Su marcada mandíbula, sus ojos penetrantes, su mirada salvaje. Podía perderme en él con solo mirarlo, pero no era suficiente.

—Con gusto.

Levantándose, me sostuvo con más fuerza para poder caminar al otro lado de la mesa, frente a Nial, y se inclinó sobre mí. Incluso antes de que me hubiese puesto en esa posición, había bajado su cabeza y me había besado como un hombre poseído. Su beso me había electrizado; me relajé mientras el doctor me ensanchaba e introducía el segundo objeto con embestidas lentas y moderadas, hasta que estuve tan llena que sentí que iba a estallar si no me hacían correrme o me soltaban.

Mientras Ander me besaba, Nial usó su mano libre para tomar uno de mis pechos, tirando de mi pezón y estrujándolo con la fuerza suficiente para hacer que me arqueara en sus brazos dominantes. Su segunda mano se movió desde mi muslo hasta mi clítoris, explorando mis extremos y provocándome hasta que comencé a luchar contra Ander nuevamente, no porque quisiera levantarme de la mesa, sino porque necesitaba más de lo que me permitían sentir.

Los gruesos dedos de Nial separaron los labios de mi sexo, ensanchándolo alrededor del consolador, y la lengua de Ander se metió dentro de la mía mientras sentía un extraño dispositivo de succión sobre mi clítoris. No eran los labios ni la boca de Nial, porque sabía cómo se sentía la boca de un guerrero chupándome hasta gritar. Esto se sentía diferente, como una ventosa elástica. Traté de apartar mi boca de la de Ander para preguntar, pero me negó esa libertad, inclinándose más sobre mí hasta que me sentí atrapada debajo de su enorme cuerpo. Inmóvil, no solo por las correas o por sus manos, sino por su enorme tamaño y fuerza bruta.

Por alguna razón que no me importaba analizar, la sensación me hizo enloquecer. Me olvidé del doctor y de su estúpido examen. Todo lo que me importaba eran mis dos grandes guerreros, sus manos y bocas, y el duro y grueso objeto que invadía mi coño. Y culo. No podía negar que, aunque era incómodo, solo hacía que los sentimientos que me embargaban se amplificasen.

Nial retiró su mano de mi pezón y lo tomó con su boca; el doctor debió haber entendido algo, porque la sensación de succión en mi clítoris aumentó en velocidad. Chupaba. Soltaba. Iba más rápido. Luego soltaba.

También comenzó a vibrar y Nial se posicionó entre mis piernas, sacando el consolador grande y largo de mi coño, y luego volviéndolo a introducir.

Lo hizo más rápido, follándome con la cosa mientras el dispositivo secundario se ocupaba de mi clítoris con un dominio programado que me dejaba en el borde del placer. Era como si la máquina supiera cuándo iba a tener un orgasmo y se apagara en el último momento posible para impedirlo.

Seguía y seguía. Cuando el doctor comenzó a follarme con el consolador en mi culo, gemí debajo de los labios de Ander, incapaz de hacer nada más que rendirme ante el momento y la desesperación que hacía que mi cuerpo perdiese el control.

Ya yo no era yo. No era más que un cuerpo, un manojo de nervios y lujuria sin nombre ni memoria. Mis compañeros podían hacer lo que desearan conmigo. Era un concepto aterrador, pero su única intención era darme placer.

Ander rompió el beso y giré la cabeza hacia un lado, tratando de recuperar el aliento cuando ambos objetos se hundían dentro de mi cuerpo y luego salían de él, y la vibración sobre mi clítoris aumentaba en fuerza y velocidad.

Abrí mis ojos para encontrarme a pocos centímetros de la intensa mirada de Nial mientras él se acercaba a mí.

—¿Quieres correrte, compañera?

Sacó el consolador de mi cuerpo y lo sostuvo en mi entrada, provocándome deliberadamente.

Prácticamente sollocé. Estaba vacía. Tan vacía.

—Sí.

—Pídelo bien, Jessica.

Tiró de mi pezón lo suficientemente fuerte como para que doliera y mi coño se cerró alrededor de la nada con una contracción que realmente me lastimaba.

—Por favor. —Miré sus ojos dorados y plateados, y le di lo que quería, aquella palabra que me consumía—. Por favor. Por favor. Por favor.

Una de las manos de Ander se deslizó desde mi muñeca, pasando por la larga línea de mi brazo, y finalmente acabando sobre mi hombro, para luego acomodarse como si fuese una cálida manta sobre mi garganta, sin apretar; solo me recordaba que yo era suya, que estaba bajo su control, y que no había nada que yo pudiera hacer, excepto someterme.

—Córrete por nosotros. Córrete ahora.

La voz de Nial se había vuelto más grave de lo que nunca la había escuchado, sus palabras eran una orden innegable.

Mi cuerpo reaccionó al instante y la explosión me consumió mientras gritaba al llegar al clímax. Cuando comencé a correrme, no pude parar, pues en el momento en que quería hacerlo, Ander tomaba mi boca para saborearla y explorarla, y Nial junto con el doctor me follaban con sus dispositivos, y la succión en mi clítoris aumentaba, tirando de mi cuerpo, vibrando con la intensidad suficiente para hacer que mi espalda se arqueara mientras me corría una y otra vez.

No tuve idea de cuánto duró, pero estaba empapada de sudor y agotada cuando todo terminó. Ander acarició mi cabello, apartándolo de mi rostro, y Nial estaba de pie como un guardia custodiando mi cuerpo; jamás separaba su mano de mí y tocaba constantemente mi abdomen y mi muslo para que supiera que se encontraba allí.

—¿Y bien, doctor?

La pregunta entrecortada de Nial me sacó de mi estupor. Quería saber lo que el doctor diría acerca de *eso*.

—Lo hizo muy bien, príncipe.

Sacó el consolador de mi coño y la extraña pieza sobre mi clítoris se desvaneció también.

—De hecho, los niveles de reacción de su cuerpo son mejores que los de la mayoría de las novias de Prillon.

Quise rodar mis ojos, pero opté por mantenerlos cerrados mientras Nial quitaba mis piernas de los estribos y desataba las correas de mis rodillas.

—¿Y ha insertado los implantes con éxito? ¿Está lista para ser transportada a la nave?

El roce de Ander se había vuelto delicado mientras masajeaba mis sienes, en el sitio en donde habían insertado los estimuladores neuronales. Enredó sus manos en mi cabello y masajeó mi cuero cabelludo con gentileza.

—Sí. Los implantes están en total funcionamiento.

Me había olvidado por completo sobre esa parte del examen. Mientras me habían dado placer, había insertado los implantes prillon en mí. En algún sitio. Dios, aquel orgasmo había sido mucho mejor que anestesia.

—Está lista.

Abrí mis ojos y fruncí el ceño.

—Esto, creo que olvidas algo —le dije, apuntando hacia el lugar entre mis piernas en donde el duro objeto seguía enterrado.

Nial, con el roce más suave de todos, introdujo uno de sus dedos en mí para meter más el objeto.

—No. Este tapón seguirá en tu culo.

Me apoyé sobre mis codos.

—¿Qué? ¿Por qué?

—Porque debes ser más ancha allí para tener nuestras pollas dentro. Te tomaremos... juntos, Jessica.

—Todavía no has visto mi polla —dijo Ander, y me volví para mirarle—. Te aseguro que es mucho más grande que ese tapón. Nial tomará tu coño, puesto que es su derecho exclusivo como tu compañero principal. No te follaré allí hasta que estés embarazada con su hijo. Pero *sí* tomaré tu trasero, pues es mi derecho y privilegio como tu segundo.

Pensé en la polla de Ander y tuve que asumir que era tan enorme como el resto de su cuerpo. Apreté las piernas y sentí el extraño objeto que me colmaba y ensanchaba. No podía cerrarme por completo, y me sentía... llena. ¿Cómo se sentiría la polla de Ander?

—No quiero esta cosa dentro de mí. Es incómodo —comenté.

—¿Te está lastimando? —preguntó Ander, la preocupación hizo que su actitud cambiase—Doctor —gruñó.

No tenía dudas de que Ander le partiría el cuello al hombre si el tapón que me había colocado me lastimaba.

Alcé mi mano.

—No, no le hagas nada. No duele. Solo se siente... extraño. Jamás he tenido nada... —Aclaré mi garganta—. Allí, antes.

Entonces Ander sonrió.

—Saber que soy el primero me complace, compañera. El tapón se quedará dentro, y cada vez que sientas cómo te ensancha, imagina que soy yo quien te folla; imagina cómo mi polla te llena mientras Nial se encarga de tu coño.

Sus palabras me llenaron de un calor peligroso mientras me imaginaba cabalgando el duro miembro de Nial; elevando mi trasero, descubriéndome para que Ander pudiese tomarme también, para que pudiese llenarme hasta que no lo soportara, hasta que perdiese el control.

Yo no era inocente. Había visto porno, y sabía exactamente de lo que estaba hablando; y la idea de estar entre dos hombres tan poderosos hacía que mi cuerpo se contrajese alrededor del tapón. Me mordí el labio, apartando la mirada mientras mi sexo se humedecía una vez más. Quería complacerlo, y no me importaba dejarme el tapón dentro. Quería que me follaran, que me intercambiaran y me llenaran con sus pollas. Si caminar con esta cosa dentro por un tiempo hacía que me diesen lo que quería, entonces lo haría.

Lo raro de esto era mi deseo de dejar que los dos me tomaran. Yo era una mujer moderna, exitosa e independiente. No me arrodillaba ante los hombres y no toleraba estupideces de nadie. Entonces, ¿por qué la idea de ser dominada por mis compañeros al mismo tiempo me excitaba tanto? La idea de rendirme completamente era anatema. Someterme a recibir nalgadas era algo contra lo que habría luchado con cada fibra de mi cuerpo hacía un par de días.

Ahora que había saboreado el dulce olvido de darles el control, sabía que desearía tener ese tipo de éxtasis una y otra vez. Joder, quizás siempre lo había deseado. Pero hasta que aparecieron Nial y Ander, hasta ahora, jamás había existido un hombre que considerara merecedor de eso, un hombre lo suficientemente fuerte, más fuerte que yo, ante quien pudiese considerar someterme.

Mis pensamientos me sorprendieron, pues *nunca* antes me había sometido ante un hombre de aquella manera. *Quería* ser libre para dejarme llevar. Quería saber que podía confiarles la tarea de cuidarme. Y, para mi sorpresa, quería complacerlos. Quería que enloquecieran por el deseo que sentían por mí, y por el placer que tendrían con mi cuerpo. Quería ser todo lo que necesitaban. Todo.

El doctor extendió tres largos lazos negros, los cuales cogió Nial, separándolos.

—Gracias.

El doctor lucía nervioso, y pensé que había oído algo, un sonido sordo, como si hubiese personas peleando al otro lado de la pared. Entonces habló:

—Yo me daría prisa si fuese tú.

Nial se volvió hacia mí y extendió su mano hacia Ander, quien tomó uno de los lazos y lo elevó hasta la altura de su cuello. Nial hizo lo mismo, colocando el tercero en la mesa a mi lado. Me pregunté por qué estarían usando gargantillas negras, pero mientras los contemplaba, los dos collares se volvieron de un color rojo oscuro, y parecían fundirse en la piel de los hombres, de modo que parecía más un tatuaje que un collar.

Nial cogió el tercero mientras Ander me ayudaba a sentarme, teniendo cuidado con el objeto que tenía dentro de mi trasero.

—Para ti, compañera.

Recogí el lazo negro en su mano con manos temblorosas.

—¿Qué es?

—Nuestro collar de unión. Esto señala que eres nuestra durante el período de reclamación. Ningún otro guerrero podrá acercarse a ti o tratar de robarte. Los collares nos unirán como si fuésemos uno, una familia.

Contemplé la tira negra en mi mano, aparentemente inocente, y me di cuenta de lo que estaba sosteniendo. Esta era su versión de un anillo de bodas. Una unión permanente. Un enorme sello en el cuerpo de una mujer que decía "reclamada".

Y ni siquiera me lo habían preguntado. ¿En serio? No era una de esas chicas que esperaban un enorme espectáculo en una propuesta de matrimonio, pero habría sido lindo que, por lo menos, me lo preguntasen. ¿Qué le había pasado a toda esa palabrería de *te amo y quiero estar contigo por siempre*? Después de lo que me habían hecho —o lo que habían permitido que el doctor me hiciera— no tenía ánimos de que me forzaran a hacer ninguna cosa adicional. Tenía un tapón en mi culo porque querían que estuviese allí, y porque era lo suficientemente honesta con mis propios deseos como para saber que quería tenerlos a los dos dentro de mí, por lo menos una vez. ¿Pero esto...?

Apreté el puño con el collar dentro y lo coloqué sobre mi regazo.

—No.

Me fulminó con la mirada mientras el doctor daba un paso atrás, murmurando algo sobre desafíos y matanza. Pude haberle escuchado con más atención, pero estaba ocupada lanzándoles una mirada asesina a dos alienígenas enormes y mandones.

—Póntelo, ahora.

Los labios de Nial se hicieron más finos y sus ojos se entrecerraron mientras trataba de intimidarme para que lo obedeciese.

—Jessica, según la ley de Prillon no puedo obligarte a que te pongas mi collar. Sin embargo, si no te lo pones alrededor del cuello en este instante, estarás en peligro.

Lo fulminé con la mirada. ¿En serio? Acababa de dejar que un doctor me penetrara con un par de consoladores y una copa de succión mágica en la tierra de las fantasías sexuales, ¿y esperaba que dijese que sí a una propuesta que jamás me había hecho? Miré alrededor de la sala. No. No había ningún monstruo musculoso aguardando para golpearme por rechazar su inexistente propuesta. Solo estábamos el doctor, mis compañeros y yo; y el primero ya me había hecho todo lo que podía hacerme. No dejaría que me forzaran a obedecer. No con algo así.

—De donde vengo, cuando un hombre le *pide* a una mujer, y déjame repetir esa palabra crucial e importante, le *pide* a una mujer que sea su novia, usualmente se arrodilla y le da una muy buena razón para que ella diga que sí.

Las cejas de Nial se alzaron, pero eso fue todo.

—Ponte el collar.

—No.

—Póntelo en tu cuello, ahora.

—Pídelo bien, Nial.

Le espeté sus propias palabras y me crucé de brazos. Ya estaba harta de sentirme avergonzada por mi desnudez y me senté como una reina en la corte. No había nada en mi cuerpo que estos hombres no hubiesen visto, y mi sexo y mi trasero todavía se estremecían y palpitaban por el orgasmo. Seguramente la mesa estaba húmeda en el sitio en donde me había sentado.

Ander se levantó de su sitio a mi lado y se colocó frente a lo que parecía ser una puerta, ignorándome, mientras el ojo plateado de Nial se volvía de un color negro azabache. No me importaba si estaba enojado. Yo también lo estaba.

Primero, su estúpido padre había rechazado mi transporte; había sido rastreada por el Enjambre y mi viejo mentor casi me había matado. Nial me había salvado la vida, pero me había engañado para estar con los dos justo después de haber recibido un disparo. Entonces me habían sacado de mi planeta, me habían atado, azotado y follado con unos instrumentos médicos extraños, y me habían obligado a perder el control frente a un completo desconocido. Les seguí la corriente, adaptándome a la situación. Había hecho todo lo que habían querido, pese a mi buen juicio. ¡No accedería a casarme con estos dos cavernícolas si ni siquiera pretendían *preguntármelo*!

Le dirigí una mirada furiosa, esperando que se diese cuenta de lo que quería, de lo que necesitaba que hiciera. Dejó caer sus hombros y su ojo volvió a ser plateado mientras me observaba.

—¿Qué quieres, Jessica?

La derrota que vi en sus ojos casi me hizo ceder, pero ¡maldita sea! Quería una propuesta de verdad. Después de todo por lo que me habían hecho pasar, por lo menos merecía eso. No era como si fuese a decir que no. No tenía hogar ni una vida por la cual volver. Si volvía a casa —lo cual probablemente era imposible, de todos modos— estaría muerta en menos de una semana.

Y extrañaría a estos dos guerreros, también, aunque fuese difícil para mí admitirlo, incluso para mis adentros. Solo los había conocido por un par de horas, pero ya se sentía como si me perteneciesen.

Estaba mirando los ojos de Nial, llenos de confusión, tratando de decirle lo que necesitaba sin sonar como una idiota sentimental, cuando la puerta estalló, haciéndose pedazos; y entonces dos enormes guerreros se precipitaron en la sala.

El más grande tenía la misma piel plateada de mi Nial, pero su parte metálica cubría su pecho y su cuello, no su rostro. Sus ojos eran de un cálido color miel, pero tenía un extraño aparato incrustado en su piel, justo sobre su ojo derecho, como si fuese una segunda ceja. Ni siquiera me dirigió una mirada a mí, sino directamente a Nial.

—Os desafío por el derecho de reclamar a esta mujer terrícola como mi novia.

11

NIAL PARECIÓ CRECER VARIOS CENTÍMETROS, su piel plateada brillaba debajo de la tenue luz azulada de la sala de examinación.

—Tócala y te mataré.

Otro hombre, quien noté era el segundo del rival, se dirigió hacia la esquina de la sala, aproximándose a mí... y a Ander, quien se había colocado frente a mí. El hombre que se movía hacia nosotros lucía completamente normal para ser un alienígena, hasta que vi sus ojos. Sus ojos tenían anillos plateados alrededor, como si un joyero hubiese incrustado anillos de boda alrededor de su iris.

"Contaminados". La palabra se repetía en mi mente hasta que oí el gruñido de Nial.

Girándome rápidamente, vi a Nial levantando al otro guerrero como si fuese una barra de levantamiento y arrojándolo de costado a un pedazo de cristal negro, a más de veinte centímetros al otro lado de la sala. El cristal, o lo que sea que fuese, se rompió y cayó al suelo con un fuerte estruendo y tintineo; y me quedé sin aliento cuando apareció una gran fila de guerreros, quienes debieron haber estado allí todo este tiempo.

Habían visto *todo*. Oh, Dios mío, me habían visto desnuda, azotada y follada, mi orgasmo, mi placer, y...

Ander esperó a que su rival atacase, cuando el rugido de Nial sacudió las ventanas que quedaban. Ander se echó hacia atrás y golpeó la mandíbula del oponente con su puño, haciéndole retroceder, inconsciente, a varios centímetros de donde había comenzado a atacar. Un puñetazo, y el hombre cayó al suelo.

Nial y Ander se miraron y se colocaron a mi alrededor. Levanté la vista para ver a otro par de guerreros asentir y entrar a la habitación a través de la puerta rota. Eran enormes, iguales en tamaño a mis compañeros, pero mucho más cautelosos que los dos primeros.

Miré la tira negra en mi mano y cedí ante lo inevitable. Entendí ahora la urgencia, la advertencia del médico. Todo aquello. Sabía que quería a mis compañeros, solo quería que ellos me desearan con algo más que sus cuerpos. Quería sus corazones. Quería una verdadera conexión.

Ese tipo de amor tomaba tiempo. Lo sabía. Mientras tanto, no quería que mis compañeros tuvieran que luchar contra toda la Colonia para sacarme de aquí. Y definitivamente no quería arriesgarme a que perdiesen un desafío o a que fuesen gravemente heridos, aunque eso no parecía ser un problema.

Lanzando un suspiro, miré al gigante que estaba al acecho en la puerta.

—Detente.

Los cuatro guerreros se quedaron paralizados, al igual que el doctor y los hombres que seguían arremolinándose al otro lado de la pared.

Levanté el extraño collar hasta mi cuello y lo solté sorprendida cuando se fijó en su lugar alrededor de mi cuello.

Al instante, la ira de la batalla me inundó y también una feroz necesidad de proteger lo que era mío. Me di cuenta de que los sentimientos provenían de mis compañeros y levanté mi mano, temblorosa, hacia mi cuello con asombro. No habría mentiras ni juegos. Sabría lo que sentían cuando estuviesen cerca.

Mientras bajaba mi cabeza, el enorme intruso se inclinó y subió su mano para evitar el golpe de Nial.

—Mis disculpas, princesa.

Quizás las secas órdenes de Nial no se debían a que le faltase romance, sino porque de verdad temía por mi seguridad. Habían jurado protegerme con sus vidas; habían jurado dejar inconscientes, herir o incluso matar a cualquier hombre que se acercara a mí. La única persona de la que no podían protegerme era de mí misma. Estaban dispuestos a acabar con todos los hombres de la Colonia si era necesario, pero no podían obligarme a ponerme el collar.

Y reflexionando eso, me habían estado mostrando lo mucho que les importaba.

Miré a Nial y a los otros, notando el cambio en su actitud desde que había colocado el collar alrededor de mi cuello. Nial no había estado exagerando al hablarme del peligro que corría, y repentinamente me sentí tonta por haber negado lo que decía y por haber hecho que todos pusiéramos en peligro nuestras vidas. Le hablé al rival de Nial directamente:

—No, soy yo quien debe disculparse. Mi falta de comprensión ha causado todo esto, pero no estoy interesada en otros hombres que no sean mis compañeros.

Ander retrocedió hasta estar frente a mí y Nial hizo lo mismo, bloqueando mi vista de los dos hombres que habían entrado a la sala. El doctor se arrodilló en el suelo junto al guerrero que Nial había arrojado hacia la ventana, y suspiré con alivio cuando vi que el brazo del guerrero se movía. No estaba muerto. Bien. Esa era una culpa con la cual no necesitaba cargar.

El segundo del rival habló por primera vez.

—¿Hay otras mujeres como usted en la Tierra, princesa? ¿Mujeres que estén dispuesta a ser compañeras de veteranos contaminados, como usted nos ha llamado?

Suspiré. ¿Mujeres solteras buscando guerreros ardientes y honrados?

—Por supuesto. Hay miles y miles de ellas, pero no *estáis* contaminados.

El doctor tosió.

—Mi príncipe, debe sacarla de aquí inmediatamente. Va a planear una invasión de la Tierra.

—¿Qué? —pregunté—. Claro que no. Todo lo que tengo que hacer es llamar, o lo que sea que hagáis en el espacio, a la guardiana Egara. Ella les ayudará a encontrar compañeras cuando le explique vuestra situación. Se toma su trabajo muy en serio. Confiad en mí. Estará feliz de poder ayudar.

No estaba segura de cómo sabía esto, pero estaba totalmente segura de que decía la verdad.

El guerrero que estaba en la puerta ladeó su cabeza.

—¿La señorita Egara de la nave *Wothar*? ¿Catherine?

Empujé el brazo de Ander para que se moviese un poco. Necesitaba ver el rostro de este hombre.

—No conozco su primer nombre y no sé nada de ninguna nave. Estoy casi segura de que jamás ha ido al espacio, pues me han dicho que ninguna mujer regresa a la Tierra luego de ser emparejada.

—¿Es más pequeña que usted, princesa? ¿Con cabello oscuro y ojos grises?

—Suena como ella —fruncí el ceño—. ¿Cómo la conoces?

—Era la compañera de mi hermano y su segundo. Ambos fueron asesinados hace seis años en una emboscada. Perdimos todo un batallón ese día. —Le asintió a su segundo y apuntó hacia su piel

—. Al resto se nos rescató varias horas más tarde, pero no pudimos regresar a casa.

Lo que quería decir era que habían sido enviados a la Colonia debido a que estaban *contaminados*.

Perdí de vista a Nial, y luego reapareció con mi manta color rojo oscuro, con la cual me envolvió antes de tomarme en brazos. Me di cuenta de que había estado desnuda mientras entablaba conversación con dos completos desconocidos. Con un tapón en mi culo. *Cielos*.

—Puedo caminar, sabes.

Sacudió su cabeza.

—Hoy no. Hoy has causado demasiados problemas, incluso cuando tus pies no tocan el suelo.

Me reí, y miró a Ander.

—Vamos, Ander. Es hora.

Ander nos alcanzó y los otros se inclinaron mientras Nial me cargaba, pasando entre todos ellos y caminando por un largo vestíbulo lleno de puertas. Envolví mis brazos alrededor de su cuello y descansé mi cabeza en su hombro, permitiendo que me llevase a donde quisiera.

—¿A dónde vamos ahora? ¿Es hora de qué?

—Hora de enseñarte claramente lo que significa ser una novia de Prillon.

Nial

LLEVÉ a mi compañera por el largo vestíbulo, desprovisto de detalles, y sentí ira acumulándose en mi pecho. Se suponía que debía vivir el resto de mi vida en la Colonia. Era mi nuevo hogar. Este lugar, estos hombres, se suponía que eran mi futuro si mi padre se salía con la suya. Los hombres con los que acabábamos de luchar, los que querían a Jessica para sí, eran como yo. Los guerreros que habían luchado en la Coalición habían protegido miles de millones de vidas en cientos de planetas, pero tuvieron la mala suerte de ser capturados y torturados por el Enjambre; *contaminados* por su tecnología y desterrados para siempre.

La vergüenza que sentía por mi falta de comprensión me hizo apretar la mandíbula mientras llevaba a mi compañera en brazos. Jessica había señalado lo obvio, que no había nada malo en ninguno de ellos. Sus implantes ciborg biotecnológicos eran como sus cicatrices: marcas de honor, de servicio. De respeto. En todo caso, la tecnología que les habían puesto los haría a todos más fuertes, rápidos y más letales que nunca. Y sin embargo, estos hombres fueron desterrados a la Colonia; les habían faltado el respeto y los habían olvidado. Les habían prohibido tener una compañera, tener una familia. Habían sido despojados de su honor y de su valor, y utilizados para nada más que trabajo de esclavos.

El lamentable trato para nuestros guerreros sería una de las primeras cosas que cambiaría una vez que fuera Prime. Miré el dorado resplandor del cabello de mi compañera, quien descansaba en mis brazos, y sabía que, sin lugar a dudas, mi princesa también sería una férrea defensora de estos guerreros.

Fue un momento de orgullo para mí verla confrontar al doctor, confrontar la injusticia y hacer que todos veamos las cosas desde una nueva perspectiva. Sus palabras, sus ideales, estaban destinados a proteger no solo a los dos hombres que la reclamarían, sino a todos los veteranos de la guerra contra el Enjambre, a todos los guerreros heridos y modificados en este mundo. No tenía ninguna duda de que ella lucharía contra el prejuicioso sistema de mi padre, sin cesar en sus intentos. Era feroz, valiente y apasionada.

Mi compañera perfecta.

Ya era hora de reclamarla, de follarla. *Deberíamos* estar huyendo de la Colonia sin detenernos siquiera, pero primero tenía que follarla.

Tenía que entender el poder de nuestro vínculo de emparejamiento, y una buena y dura follada lo haría de una manera que las palabras no podían. Los collares, así como algunos orgasmos intensos, garantizarían que nunca más dudara de nuestra unión.

Esto no sería la ceremonia de unión, ni nuestra unión permanente, pero sería un comienzo. Con los collares alrededor de nuestros cuellos, con nuestra semilla cubriendo su piel, sus emociones y necesidades ahora eran obvias. Sentí cada uno de sus sentimientos como ella sentía los míos, y los de Ander, de la misma manera.

Sentí la excitación que persistía luego de su examinación. Le había gustado. Le había encantado. Le encantó luchar contra Ander, sabiendo que no podía hacer nada más que rendirse. A pesar de la situación nada familiar, ella había elegido confiar en Ander, tener fe en que él no permitiría que le pasara nada malo mientras él sujetara sus muñecas. Se había tranquilizado con nuestra presencia, había confiado en nosotros y había decidido someterse al examen. Nunca había visto nada más hermoso que sus orgasmos mientras Ander y yo la abrazábamos y vigilábamos.

Había perdido el control, y eso había sucedido con la sonda nada más. Anhelaba descubrir lo fuerte que podría gritar al llegar al orgasmo cuando Ander y yo la folláramos, ensanchándola y haciendo que se corriera.

Uno de los hombres nos condujo por un vestíbulo y presionó un botón en una pared, tres o cuatro puertas más abajo. Hizo una reverencia.

—Una cámara de privacidad.

Asentí con la cabeza hacia el hombre a quien Ander había golpeado en la cara hacía un par de minutos. No había animosidad entre nosotros, porque la autoridad y el respeto que sentíamos por las compañeras de nuestros guerreros era inmenso; el collar alrededor de su cuello era un signo permanente de propiedad. Ella nos pertenecía ahora. Los dos moriríamos para proteger nuestro derecho a cuidarla, a engendrar a sus hijos y darle placer.

Ander agradeció al hombre y cerró la puerta detrás de nosotros. Entré a la habitación. Una cama, una mesa, una silla y otra puerta que conducía a un cuarto de baño. El espacio era simple. Básico. Lo que importaba era el hecho de que tenía una cama grande y que estábamos solos.

La forma en que había reaccionado a las sondas —luego de haberla tranquilizado— fue asombrosa. Ella era tan receptiva, no solo a la estimulación, sino también a la correa que ataba sus caderas, a Ander inmovilizando sus muñecas y a sus órdenes.

El coño de nuestra compañera se había humedecido en el mismo momento en que Ander comenzó a dar órdenes. Jessica no podía ocultarnos la verdad, la verdad de que había disfrutado estar atada; se había excitado por la fuerza con la que Ander había inmovilizado sus muñecas. Su clímax había sido intenso, sus gritos hacían eco a través de la cámara haciendo que mi polla se volviera dura como una roca, ansiosa por tomarla, por obligarla a correrse de nuevo.

Ella era demasiado resuelta, demasiado testaruda como para renunciar al control. Ella era una guerrera, como lo éramos nosotros. Pero su reacción de hoy nos reveló la verdad a los tres: Era obstinada, feroz y desafiante, pero tenía sed de un compañero lo suficientemente fuerte como para dominarla, un compañero con el que pudiera sentirse lo suficientemente segura como para dejarse llevar.

Yo sería ese compañero. Y Ander también. Si necesitaba sentir nuestro control y dominio en cuanto a follar, entonces se lo daríamos. No era virgen, pero por la expresión de sorpresa en su rostro cuando la llevamos al clímax, los hombres con los que había estado antes no le habían dado lo que necesitaba. Nunca antes se había sentido lo suficientemente segura como para dejarse llevar por completo.

El hecho de haber sido emparejados me aseguró que mis conclusiones eran correctas. Aunque yo ansiaba dominarla, provocar su cuerpo y extender su placer hasta que ella me rogara, la estoica fuerza de Ander también la excitaba. Ander y yo admitimos nuestras necesidades, nos sentimos cómodos en nuestros roles como compañeros y no tratamos de ocultar nuestros deseos más oscuros. Pero con Jessica era lo contrario. Ella actuaba como si sus necesidades fueran una sorpresa. Era obvio, con su remolino de emociones inundándome a través de nuestro collar de unión, que su mente estaba en guerra con su cuerpo. Su ego y su condicionamiento la obligaban a resistirse, pero su cuerpo era incapaz de mentir. Los protocolos del centro de procesamiento no mentían. Ella necesitaba todo lo que le dábamos.

Por eso mi polla estaba dura como una tubería de Prillon, y si no la follaba pronto, seguramente me correría en mis pantalones. Los collares nos conectaron y sentí no solo un deseo persistente por Jessica, sino también la impaciencia de Ander. La conexión que compartimos era intensa, potente y muy excitante. Le dirigí una mirada a Ander y él asintió levemente.

La tomaríamos ahora. Con los collares, no habría duda de que estaríamos en sintonía con todas sus necesidades. Si a ella no le gustaba algo, lo sabríamos de inmediato. Comenzando ahora mismo.

—Ahora que me he puesto el collar, ¿legalmente soy una novia de Prillon? —preguntó.

—Sí. Ahora nos perteneces.

La dejé sobre el suelo delante de nosotros y le quité la manta de los hombros, arrojándola sobre la silla que estaba en un rincón. No necesitaría ningún tipo de ropa por ahora.

—Sabremos todos tus secretos, Jessica. No podrás ocultarnos nada.

Ella se estremeció, pero bajó sus manos hasta sus costados. Se puso de pie ante nosotros, regia como una reina, y mi polla se hinchó hasta que sentí que estaba a punto de estallar.

—No entiendo. No estoy ocultando nada ahora.

Ander inclinó la cabeza y enarcó una ceja.

—Sí, compañera. Te estás escondiendo de todos, incluida tú misma.

Una ráfaga de placer inundó nuestra conexión cuando Jessica respondió a sus palabras, a su tono autoritario. Ella se relamió los labios.

—¿Algo como qué? Estoy de pie aquí, desnuda, usando tu collar. ¿Qué podría estar escondiendo?

—La manera en la que te gusta ser follada —respondí.

Alzó su mentón al oír eso y yo reprimí una sonrisa.

—¿*Tú* vas a decirme a *mí* cómo me gusta? —Arqueó una ceja.

—No —le contesté simplemente—. Tu cuerpo va a revelar los secretos que no estás dispuesta a admitir.

Ella retrocedió mientras yo continuaba:

—Quieres que te follemos con fuerza.

—Lo quieres duro —agregó Ander.

Levantó el dobladillo de su camisa, la pasó por encima de su cabeza y la dejó caer al suelo.

Sus ojos se posaron en el pecho de Ander y se quedó mirando.

—Tienes que dejarte llevar, dejar que te digan qué hacer.

—Yo... no.

—Necesitas ceder el control cuando se trata de ser follada por tus hombres —aclaré—. Podrás ser una guerrera por derecho propio, pero cuando estés desnuda y entre nosotros dos, harás lo que digamos.

Dio otro paso hacia atrás, su pecho subía y bajaba mientras su excitación aumentaba. Cuando se dio la vuelta, pude ver el extremo abombado del tapón separando sus nalgas. Mi polla palpitaba ante aquella imagen. Estremeciéndome de incomodidad, me desabroché los pantalones.

—¿Y si no? ¿Qué sucede si te equivocas?

Levantó una mano para frotarse la parte superior de su pecho y el costado de su cuello en un gesto nervioso que encontré completamente encantador. Ella quería lo que le estábamos ofreciendo, pero tenía miedo de tomarlo.

—¿Confías en nosotros, Jessica? ¿Confías en que no te haremos daño? ¿Crees que somos lo suficientemente fuertes, lo suficientemente disciplinados como para protegerte y cuidar de ti? ¿Confías en que nuestro único deseo es hacerte feliz, satisfacer tus necesidades?

Su mano se paralizó en el costado de su cuello e inclinó la cabeza, mirándose los pies durante varios segundos que me parecieron un milenio, y estaba seguro de que a Ander también. Contuvo el aliento. Ambos lo hicimos, esperando su respuesta, esperando que nos diese su permiso para reclamarla. Esta frágil mujer tenía nuestros corazones y nuestra felicidad en sus manos.

Entonces caminé hacia ella, atrayéndola hacia mis brazos para presionar su oreja contra mi pecho, por encima de mi corazón palpitante. La sostuve cerca, acariciando la curva de su espalda y cadera con una mano mientras Ander observaba con una intensa necesidad que se reflejaba en mi propia mirada. Enredé la otra mano en su cabello, abrazándola suavemente, como si fuese un delicado cristal.

—¿Oyes los latidos de mi corazón? Late por ti. Cada célula de mi cuerpo está dedicada a ti, a tu comodidad, a tu seguridad, a tu placer. Los collares que están alrededor de nuestros cuellos te señalan como nuestra compañera, pero en realidad, nosotros te pertenecemos a ti. No servimos a nadie más que a ti. Lucharemos por ti, mataremos por ti, moriremos por ti. Haremos todo lo que esté a nuestro alcance para que te sientas segura, protegida y amada. Si nos lo permites, Jessica. —Tomé su mejilla con mi mano y ladeé la cabeza para poder mirar sus pálidos ojos azules—. Di que sí. Acepta que te reclamemos. Déjanos amarte.

Una palabra. Eso era todo lo que necesitábamos para hacerla nuestra por siempre. Una palabra nos dejaría hacerlo todo; tocarla, follarla, marcarla para siempre.

—Sí.

La besé suavemente y con delicadeza en los labios, apreciando su regalo. No protesté cuando Ander tomó su mano y la atrajo hacia sí levemente. Yo sabía que él también estaba sediento por sus caricias.

Me quité mi camisa y la tiré al suelo, mientras Ander tomaba la mano de Jessica y la llevaba a la cama.

—Primero, querida compañera, serás castigada.

—¿Qué? ¿Castigada? ¿Por qué?

Caminó hasta a la cama, empujándola hacia adelante para que no tuviera más remedio que subir al colchón. Solo cuando sus dos rodillas estaban sobre la suave superficie, él soltó su mano para deslizar su brazo debajo de su cintura.

—Tu terca negativa para obedecer a Nial nos hizo herir a dos de nuestros hermanos y dañar la sala de examinación del doctor.

—Dije que lamentaba eso. No lo había comprendido.

Ella estaba apoyada sobre sus manos y rodillas, y su mano libre acarició su trasero desnudo mientras se inclinaba para hablarle al oído.

—Eso no es suficiente. Te has expuesto a un peligro innecesario, compañera, a pesar de que Nial te lo advirtió. ¿Te has detenido a considerar qué habría pasado si Nial o yo hubiéramos perdido el desafío?

Su mano azotó su trasero desnudo, con fuerza.

¡Zas!

La rosada marca de una mano apareció en su piel y ella luchó para soltarse, pero no tenía esperanzas de escapar. Se sonrojó cuando Ander le dio otra nalgada.

—¿Qué coño haces?

Ander sacudió su cabeza.

—Las malas palabras, compañera.

La azotó de nuevo. Y una y otra vez.

Ella jadeó, sus pezones se convirtieron en picos duros y sus ojos se cerraron mientras luchaba contra la excitación que podía oler en su sexo.

—Esto es estúpido. No soy una cría.

—No, no lo eres. Tu eres mía. Eres de Nial. Te complaceremos. Nos encargaremos de ti. Y cuando corras peligro, te protegeremos.

Azote. Otro azote.

—Si nos desafías y te pones en peligro, te castigaremos. Te sujetaremos y te daremos unas nalgadas en el culo hasta que esté al rojo vivo y todo su cuerpo esté ardiendo.

Una sed, sensual y cegadora, inundó mi collar cuando Ander le habló. Bajé mis pantalones y cogí mi dura polla mientras lo veía dominándola. Se mordió el labio y gimió, sus pechos se mecían debajo de ella con cada golpe firme de Ander en su redondeado culo.

Su piel perfecta cambiaba rápidamente de color cuando su palma golpeaba un lugar diferente. No pude negar la fascinación que sentía por la forma en la que se estremecía su exuberante culo.

—¡Ander!

Mi segundo la azotó hasta que dejó caer su cabeza; su coño estaba tan mojado que podía ver la brillante señal de su excitación desde varios metros de distancia. Ander la atizó una vez más, con fuerza, y luego introdujo dos dedos en su coño.

—¿Te gusta sentir un poco de dolor, Jessica? ¿Quieres que te pegue un poco más?

Él sacó los dedos de su sexo, brillantes y húmedos, y entonces los empujó hacia adentro, frotando su clítoris con su pulgar.

—¿Quieres que te azote más fuerte?

Ella negó con la cabeza, pero todos sabíamos que quería lo contrario. Ander gruñó y la folló con sus dedos, hundiéndose dentro de ella con fuerza mientras la lujuria de Jessica inundaba nuestros collares. Me posicioné a su lado y acaricié la larga y elegante curva de su cintura, mirando el tapón en su culo. Me incliné para hablarle al oído.

—¿Quieres que te follemos con el tapón dentro? ¿Quieres que te dilate hasta que te duela tanto y se sienta tan bien que te haga gritar?

—Oh, Dios mío. No puedo. No puedo.

Ella gimió, pronunciando aquellas palabras y sacudiendo la cabeza de lado a lado mientras yo me hacía cargo y la azotaba, disfrutando la intensa sensación de su dolor por medio del collar y la oleada de calor que seguía luego de cada golpe. Amaba ser azotada. Le encantaba lo que Ander le estaba haciendo ahora, usando tres dedos para abrir bien su coño y el otro para tirar y jugar con el tapón en su culo.

No lo quitó, sino que lo empujó y tiró de él lo suficiente para dilatar su coño y su culo, para hacerla arder mientras follaba su centro de placer con sus dedos. Un brillo de sudor brotaba de su piel, sus dedos se hincaban en las sábanas.

—Te olvidas de algo. Los collares nos conectan. No puedes mentirnos —le dije—. Puedo sentir tu pelea, la confusión en tu interior cuando intentas entender cómo es posible encontrar placer en el dolor.

La azoté de nuevo, el golpe al hacer contacto con su piel hizo eco en la habitación.

Esta vez, Jessica gimió.

—Oh, Dios.

—No soy un dios, pero puedes llamarme "amo".

Me acerqué y cogí uno de sus pechos, pellizcando el pezón y tirando de él mientras azotaba su culo de nuevo.

—Tu coño nunca miente. Los collares nunca mienten. Ríndete,

Jessica, no trates de comprender tus necesidades, simplemente acéptalas y te complaceremos en formas que nunca habías imaginado, pero que siempre habías deseado. Apuesto a que nunca supiste que tener el culo lleno se sentiría tan bien. No hay nada penoso en darles tus deseos a tus compañeros para que los cumplan.

Ander bajó la cabeza y le dio un suave mordisco a su colorado trasero, lo suficientemente fuerte como para hacerla retorcerse mientras yo tiraba de su pecho. No nos rendiríamos hasta que ella confesase la verdad. Lo sentimos a través del collar; ella lo sentía en cada célula de su ser, pero antes tenía que aceptarlo. Finalmente, vi que sus hombros caían, sus dedos se aflojaban, su cabeza caía. Ella se rindió, cedió ante nuestro dominio de su cuerpo, ante sus necesidades. Ante la verdad.

—Sí, amo —jadeó ella.

—¿Quieres que te follemos? —preguntó Ander.

Ella gimió cuando él sacó sus dedos y se los ofreció.

—Abre la boca, prueba la perfección.

Ella lo hizo y él deslizó la punta de sus dos dedos entre sus labios. A medida que el sabor inundaba su cuerpo de deseo, introduje un dedo en su sexo y lo saqué para probar su sabor. Era dulce y cálida, y podía sentir mi polla implorando por la necesidad de enterrarse en lo más profundo de ella.

Dando un paso hacia atrás, me quité el resto de mi ropa, siempre mirando su sexo descubierto, expuesto y deseoso, hinchado y húmedo. No podía negar esta hermosa vista con el tapón justo arriba, en su culo. Con sus mejillas rojas y cálidas por sus azotes, era imposible querer algo más. Deseaba rebosarla con mi semilla, cubrir las paredes de su coño con mi esencia para unirnos aún más. Solamente su sabor en mi lengua me enloquecía. Le pertenecía, total y completamente. Ninguna otra mujer me satisfaría jamás. Ella era mi dueña y era hora de hacer más fuerte nuestra unión.

—Te voy a follar ahora. Voy a meter mi enorme polla en este ansioso coño.

Jessica echó su cabeza hacia atrás cuando Ander la obligó a levantarse con una mano alrededor de su cuello. Su espalda se curvó de una manera preciosa, con su culo empinado y sus piernas abiertas, mientras movía sus caderas en señal de bienvenida.

—Ander va a follar esa boca que tienes. Te mete en problemas, compañera, y por eso él la mantendrá ocupada.

Ander se desnudó, también, así que estábamos listos para tomarla. Ella alzó su cabeza y sus ojos se abrieron considerablemente cuando vio su polla por primera vez. Era grande y gruesa, y su cabeza era ancha, quizás demasiado ancha para su boca. Sin embargo, ella la tendría dentro; se la metería toda a la boca. Podía percibirlo, podía sentir su impaciencia por tenerla en lo más profundo de su garganta.

Una gota perlada de semen cayó desde la punta.

—Lámelo.

Ander se acercó, colocando una rodilla en la cama para que su polla entrara a su boca. Ella no tenía más remedio que abrir su boca y mover su lengua.

Casi me corrí viendo esa pequeña lengua rosada lamiendo el líquido. Ella gimió y cerró sus ojos con felicidad mientras la esencia de unión en su semilla inundaba sus sentidos. Observé, asombrado, cómo su coño abierto se contraía sin nada dentro, ansioso por sentirme.

No pude esperar más. Acercándome a ella, agarré la base de mi polla y la alineé contra su deseosa abertura. Con una mano en su cadera, observé mientras empujaba hacia adelante y mi polla desaparecía dentro de ella centímetro por centímetro. Tiré de sus nalgas, separándolas más, y sus labios vaginales se abrieron alrededor de mi grueso mástil; su suave tejido rosa se estiró y se abrió para tomarme profundamente.

Extendiendo mi mano, coloqué la palma sobre una de sus nalgas perfectas y mi pulgar en la base del tapón en su culo, moviéndolo dentro y fuera, intensificando sus sensaciones. Sabía, a través del collar, que mientras ella se adaptaba a la sensación de estar llena, lo estaba disfrutando. No sentía dolor, sino el placer más intenso.

Empujando hacia adelante, me hundí hasta el final, hasta que no hubo más espacio dentro de ella, y entonces me quedé allí, observando mientras lamía con avidez la cabeza de la polla de Ander; cada gota de líquido preseminal aumentaba su excitación haciendo que su coño se contrajese alrededor de mi polla como un puño.

Con mi mano libre, me acerqué y acaricié su largo cabello, enredando los mechones de seda alrededor de mis dedos. Mientras tiraba suavemente de ella, su cabeza se echó hacia atrás y entonces estaba en la posición perfecta para tomar a Ander en su boca. Hasta lo más profundo.

—Déjate llevar, compañera, y tómanos.

Ander se impulsó hacia adelante para que la punta de su polla entrara en su boca, obligándola a que sus labios se separaran.

Ella los abrió enseguida, tomando la coronilla de la polla de Ander. No había duda de que estaba impaciente por sentir su semen, su esencia de unión, cubriendo su lengua.

—¿Quieres que te follemos ahora?

Ander tomó la barbilla de Jessica mientras la miraba. Ella hizo un ruido de asentimiento, pero no podía hablar con la boca llena de su enorme polla.

—Nos tomarás a los dos, compañera. Ahora.

12

Nial

La orden de Ander hizo que los párpados de Jessica se cerraran y ella me dio un empujón, tratando de obligarme a moverme, a follarla más fuerte.

Ander también se lo negó, manteniéndola inmóvil mientras hablaba.

—Voy a follarte la garganta mientras Nial folla ese coño caliente y húmedo.

En el momento justo, me deslicé fuera de su sexo, volviendo a entrar y embistiéndola profundamente para rozar la punta de su útero. Quería entrar dentro de ella, ahogarla con mi semilla y dejar un hijo en lo más profundo de su cuerpo. Pero aún no habíamos terminado con ella. Dejé que Ander le hablara, que él la guiara a donde queríamos que fuera. Él sabía lo que ella necesitaba, sabía cómo poner su mente en piloto automático para que solo oyese su voz, sus órdenes, su placer.

Él empujó sus caderas hacia adelante mientras yo hacía lo mismo, follándola al unísono, entrando y saliendo de ella.

—Eso no es lo suficientemente profundo, Jessica. Abre más. Tómanos. Trágame. Dame más.

Inclinándose hacia adelante, ella chupó más, mientras los dos nos sumergíamos en sus profundidades, atrapándola entre nuestras pollas.

—Buena niña. Ahora, Nial te va a follar más duro con su gran polla. Quieres su polla, ¿no?

La agarré por las caderas, mis dedos se clavaron en su suave piel mientras la follaba más y más rápido, y él continuaba hablando con ella. Palabras crudas. Palabras depravadas. Ella lo amaba. El sonido de su coño húmedo inundó la habitación. Cada vez que tocaba fondo, forzaba a su cuerpo a moverse hacia adelante, haciendo que la polla de Ander entrara más a su boca. Ella no podía escapar de nosotros, no podía escapar de ninguna de nuestras enormes pollas mientras la follábamos y llenábamos. Cada vez que entraba en ella, ella gemía, haciendo que Ander gruñera; las venas de su cuello se hinchaban mientras él luchaba por mantener el control.

Entendí bien su problema. Se creó una especie de placer giratorio, cada uno de nuestros collares aportaba nuestras sensaciones; el placer nos llevaba a todos cada vez más al borde.

—Está muy adentro, ¿no es así, compañera? ¿Quieres que tu príncipe mueva el tapón en tu culo? ¿Quieres que te folle con eso también? ¿Quieres que follemos tus tres agujeros?

Él se salió de ella por completo, y ella se relamió los labios, mirándolo con ojos vidriosos.

—Sí.

—Sí, señor.

—Sí, señor. Por favor. Por favor. Sí. Por favor.

Su voz era ronca, llena de deseo y desesperación. Ya no pensaba, era nuestra, total y completamente nuestra en este momento. Su cuerpo era todo su universo, nuestras pollas y nuestro control eran su única ancla a la realidad. Me encantó verla así, perdida, ansiosa y totalmente libre.

Ander se frotó el labio inferior con el pulgar mientras apretaba su polla delante de ella, acariciándola con fuerza y rapidez para que una gran gota de líquido preseminal se acumulase en la punta. Ella observó, casi hipnotizada cuando él se inclinó hacia delante y frotó la esencia de unión en sus labios. Contuve un gruñido cuando su coño se cerró alrededor de mi polla como un tornillo. Agarré el extremo del tapón y lo jalé hacia atrás solo lo suficiente como para ver el dulce y redondo alargamiento de su abertura, y comencé a sacarlo, pero no tanto como para retirarlo por completo.

Lo volví a introducir en su cuerpo y se quedó sin aliento cuando Ander le dio su siguiente orden.

—Entonces toma mi polla, compañera. Tómala toda.

Jessica abrió su boca y la tomó, sus mejillas se ahuecaron mientras abría su mandíbula para acomodarse a su tamaño. Él cogió su cabello en cada lado de su cabeza y solté sus mechones de oro para que pudiera obligarla a obedecerle.

—Llena esa garganta tuya y déjame follarte. Sí, bien. Más. Oh, eres muy buena en esto. Más adentro. *Sí.*

Cuando la nariz de Jessica tocó los rizos de color claro en la base de su polla, retrocedí y luego la penetré profundamente, follándola con fuerza. La empujé hacia adelante para que la polla de Ander llenara su boca por completo.

Ander se retiró para que pudiera recuperar el aliento y yo también. Ella gimió, sintiéndose vacía —el vínculo del collar nos decía lo que ella no podía, haciéndonos estar conscientes de sus necesidades— y me abalancé de nuevo sobre ella. Comencé a follarla en serio, penetrándola y empujándola contra la polla de Ander. La tomé como ella tomó a Ander. Ella estaba entre nosotros, dando todo de sí.

—Amas esto. Te encanta que te digan qué hacer. Te encanta estar entre tus dos hombres. Entregando todo de ti misma. Ah, mira, Nial también va a jugar con tu culo. Va a follarte con ese tapón.

Ander gruñó mientras el placer que venía de Jessica era como una oleada de intensa electricidad en nuestros cuerpos.

—No estás a cargo, amiga. No estarás a cargo cuando te follemos. ¿Por qué? Porque es justo lo que necesitas. Sabemos lo que quieres, lo que necesitas. Sabemos todo sobre tus deseos.

Ander siguió hablando mientras la tomábamos. Ella mantuvo sus ojos en los de él mientras hablaba; y él le apartaba el cabello de la cara mientras ella continuaba chupándolo hasta la garganta.

—¿Que cómo sabemos que te gusta hacerlo perverso, sucio y duro? Porque estás emparejada con nosotros. Eres la pareja perfecta. *Somos* una pareja perfecta. Te correrás cuando yo te lo ordene —le dijo Ander, y ella gimió.

Estaba tan cerca, tan ansiosa por llegar al orgasmo. No iba a aguantar mucho más tiempo, la sensación cálida y resbaladiza en su interior fue mi perdición. Estaba contento de dejar que Ander marcara nuestro ritmo por ahora. Complació a nuestra compañera con sus palabras sucias y sus firmes órdenes, y yo tenía vía libre para simplemente disfrutar del cuerpo de nuestra compañera. Durante años, como príncipe, había estado a cargo, tomando decisiones que afectaban millones de vidas. Por una vez, simplemente era un hombre, libre para prestarle toda mi atención a mi compañera, para sentir su coño húmedo envolviendo mi polla, el placer que estremecía su columna vertebral cuando tiraba del tapón del trasero y Ander follaba su boca. Yo era libre, y estaba follando a la única mujer en el universo que me importaba. Su cuerpo era mi hogar ahora. Este intenso placer, todo era *mío*.

Esa palabra llenó mi mente como un canto salvaje mientras la embestía profundamente. *Mía. Mía. Mía.*

Le azoté el culo con fuerza y ella gimió, con la polla de Ander en su boca; su propia mano se deslizó por debajo de su cuerpo para acariciar su clítoris. Supe que en cualquier momento su clímax me atraparía en un torbellino de dolor y placer al que no me podría resistir.

Estaba a punto de correrme.

Y luego, iba a follarla de nuevo.

Jessica

Oh, Dios mío.

No estaba segura de cuándo había ocurrido, pero estaba perdida entre mis hombres. Por segunda vez, había perdido toda capacidad de razonar, como solo podían lograrlo estos dos. No tenía idea de cuándo había perdido el control de mi cuerpo, de cuándo había perdido la capacidad para pensar bien. Pero tampoco me importaba.

No quería pensar más. Quería follar. Quería sentir que le pertenecía total y completamente a alguien. Estaba cansada de sentirme sola y aislada. Estaba tan cansada de enfrentarme al mundo por mi cuenta. No tenía más barreras, ni voluntad para resistir.

Nada. Simplemente flotaba, inundada de intensa satisfacción mientras sentía cómo mis compañeros iban cada vez más y más rápido por mi garganta y mi sexo. Estaban concentrados en mí, sus palabras traviesas y pollas duras me llevaban cada vez más cerca del orgasmo mientras me deleitaba en ser lo que ellos necesitaban que fuera. Necesitaban que fuese salvaje y deseosa; necesitaban que les diera la bienvenida, que quisiera sus manos y bocas, sus pollas y su adoración. Lo quería todo, y me lo estaban dando, empujándome hasta que mis piernas temblaban y mi corazón amenazaba con estallar. Mi trasero aún dolía en el sitio en donde me habían azotado, pero incluso eso me había excitado; el cálido escozor se extendía como fuego salvaje a través de mis venas. Estaba en el borde del precipicio y me detuvieron allí, en el borde de un orgasmo explosivo, sin dejarme pasar, haciendo que mi anticipación aumentase.

Levanté la vista hacia mi segundo, Ander, mientras chupaba su enorme polla. El sabor de su semen era como una droga y no podía tener suficiente de él. Al principio, no había podido respirar y me había asustado un poco, pero él no había apartado su mano de mi barbilla, ni sus ojos de los míos. De alguna manera, sabía que él no me haría daño, me llevaría hacia el límite, pero nunca me pondría en peligro. Le di mi vida en ese momento, confiando en que él me dejaría respirar, confiando en que él me mantendría a salvo mientras lo complacía.

Una vez que hube sentido esa tranquilidad, me dediqué a complacerlo, a follarlo con mi boca. Su sabor era perfecto, varonil y oscuro, y la sensación cálida de su polla, pulsante y gruesa, me humedeció más y más.

Ander tiró de mi cabello y lo miré, ansiosa por cumplir su deseo, por ser lo que él necesitaba que fuera. Se retiró y envolvió la base de su polla con su mano.

—Chupa la cabeza de mi polla, compañera. Chúpala como si fuera lo mejor que has probado en tu vida. Chúpala, como si fueses a morir si no la tienes toda dentro.

Sonreí y abrí mi boca, tirando de su cabeza y explorando sus bordes con mi lengua mientras continuaba.

—Si no puedes hacer que me corra en un minuto, Nial va a dejar de follarte. Va a salir de tu coño y te dejará vacía.

Si bien Ander parecía ser el encargado, la polla de Nial se hundía dentro de mí y me sentía segura en su silencio protector. Él era la montaña a mis espaldas, mi ancla cuando Ander era mi tormenta. En esta sala, y con la gente de Prillon, Nial tenía el poder supremo, el poder de un príncipe. Pero si desobedecer a Ander me costaba el placer de sentir que la polla de Nial se moviera dentro de mí, entonces haría lo que Ander dijera.

Lo chupé fuerte, haciéndolo saltar y gemir hasta que su mano temblaba mientras trataba de mantener el control. No podía permitir eso. Necesitaba que se perdiera en mí con el mismo placer sin sentido que él me provocaba. Quería que se corriera en mi boca. Quería engullirlo y asegurarme de que supiera exactamente a quién le pertenecía.

¿Eso qué me hacía ser? ¿Una mujer que obedecía con entusiasmo las órdenes de un hombre? Había luchado toda mi vida contra este nivel de sumisión, pero aquí estaba, siendo follada por dos hombres como una estrella porno. Debería sentirme degradada, incluso sucia, al oír las palabras de Ander. Pero no lo hice. Me sentí poderosa entre ellos, como una reina en la corte con dos hombres tan absortos, tan hipnotizados por mi cuerpo, por mi boca y mi vagina, por mi sumisión, que estaban perdiendo el control.

Estaba tan endemoniadamente excitada. Me encantaron las palabras sucias, la forma tabú en que me poseyeron juntos. Estaba entre ellos, prácticamente ensartada por dos pollas. No podría ir a ninguna parte, incluso si lo intentaba, y demonios, no quería intentarlo en lo absoluto. Quería poseerlos a ambos. Quería que no pudieran mirarme sin recordarme así, sin querer más.

Nial tomó la base del tapón y comenzó a moverlo dentro y fuera de mí como si fuese un miembro. Estaba tan llena. Todos mis agujeros estaban colmados, follados y abiertos.

No cerré los ojos, no aparté la vista de Ander. Lo observé mientras chupaba más fuerte, me concentraba en él, lo obedecía. Necesitaba que él supiera que yo era suya, que lo quería dentro de mi cuerpo más de lo que quería respirar.

Necesitaba obedecerlo más de lo que necesitaba correrme.

—No puedo aguantar más —gruñó Nial mientras sus caderas golpeaban mi trasero, empujando el tapón hacia adentro.

—Jessica —gruñó Ander, y yo apoyé mi lengua contra la punta de su polla, y apreté tan fuerte como pude la polla de Nial en mi coño.

Nial gimió y lo hice de nuevo, cuando entonces Ander nos dio a todos lo que queríamos.

—Cuenta tres embestidas de la polla de Nial, compañera, y luego córrete.

Su autorización me recorrió el cuerpo como una descarga eléctrica e hizo que contuviera mi orgasmo por pura fuerza de voluntad; mis ojos se cerraron cuando Nial se hundió en mí profundamente.

Uno.

La polla de Ander se hinchó en mi boca.

Dos.

Los dedos de Nial se aferraron a mi cadera; su palma se aferraba a la piel que aún escocía por las nalgadas.

Tres.

Nial me penetró con fuerza, llenándome por completo. Cuando sentí que el chorro caliente de su semen me estaba llenando, me corrí.

Ander gimió y sacó su polla, y me embistió profundamente una vez más, golpeando la parte de atrás de mi garganta mientras el chorro de su propia semilla se esparcía en mi boca, calentándome como un trago de whisky.

Su semilla me llenó y perdí el equilibrio cuando varias oleadas de placer recorrían mi cuerpo; mis pezones se tensaron, mis paredes internas se apretaron alrededor de la polla de Nial y del tapón en mi culo. Saboreé el sabor ácido de Ander en mi lengua cuando el cálido fluido de su esencia se filtró en mí, calmándome y casi drogándome con el placer más tibio y dulce.

Ander se retiró, permitiéndome recuperar el aliento cuando Nial sacó su polla de mí. Suavemente, sacó el tapón mientras acariciaba mi clítoris con dos dedos, y mi cuerpo estaba tan preparado y listo que me corrí de nuevo mientras tiraba del tapón, estirándome y apretando mi clítoris.

Los dos hombres me dejaron, entonces, y de repente estaba vacía. Me desplomé sobre la cama, el sabor único de la semilla de Ander estaba en mi lengua y el semen de Nial en mi coño y en mis muslos.

No podía respirar, no podía moverme, incluso si quisiera.

Mientras luchaba por tomar una bocanada de aire, miré a mis hombres. Sus pollas todavía estaban duras, rojas y brillantes, relucientes con mi excitación, mi saliva y su semilla. Se pusieron en pie, hombro a hombro, mirándome.

—No has terminado, compañera.

Las palabras de Ander se metieron por debajo de mi piel y mis pezones se endurecieron al instante; me dolía mi sexo, vacío. Parecían saciados, sus expresiones eran menos intensas, pero sus pollas no se habían deshinchado en lo más mínimo. ¿Estaban realmente listos para hacerlo de nuevo?

—¿Ahora me vas a tomar por el culo? —le pregunté.

Sacudió la cabeza.

—No estás lista. Pronto.

—¿Mi... mi coño entonces?

Nial habló.

—Tu coño es mío hasta que estés embarazada. Mi semilla debe llenarte y echar raíces. Como tu compañero principal, tu primer hijo es, por derecho, mío. Una vez que lleves a mi hijo en tu vientre, compartiremos ese dulce coño. Hasta entonces, y después de que estés bien preparada, él tomará tu culo.

—Entonces... —Fruncí el ceño—. ¿Qué quieres ahora?

Ya les había dado todo.

—Puedo sentir tu deseo. No se extingue —dijo Ander.

Eso era cierto. Debería estar agotada o inconsciente, al menos dolorida. Yo no sentía ninguna de esas cosas. De hecho, estaba adolorida y desesperada por más.

—¿Cómo...?

—Te olvidas, compañera, de que sabemos lo que necesitas —dijo Nial.

Le había permitido a Ander dar las órdenes hasta ahora, pero su tensa expresión facial me hizo creer que eso estaba a punto de cambiar.

—Separa esos muslos y muéstrame tu coño.

Debería haber estado horrorizado por la orden de Nial, pero no podía hacer nada más que obedecer. Solo me traían placer, así que no había razón para cuestionarle. Además, los había follado a los dos, así que el tiempo para sentir modestia había pasado.

Lentamente, me tumbé de espaldas para poder separar mis piernas. Doblé mis rodillas y las dejé caer para que él pudiera ver todo.

—Ahora, muéstrame cómo te tocas.

Nial se arrodilló a los pies de la cama y cogió uno de mis tobillos. Ander imitó su movimiento y tomó el otro para que *pudiesen verlo todo*. No había forma de que no viesen mis pliegues hinchados. O el fluido que ahora cubría mis dedos. O mi clítoris, enorme y palpitante. O mi sexo que se contraía con entusiasmo por sentir otra polla dentro. O mi culo, probablemente rojizo y ablandado por el tapón y la follada.

—Esparce mi semilla por todo ese perfecto coño —ordenó Nial.

Hice lo que me dijo y pude sentir cómo su sensación tibia me calentaba, me tranquilizaba y me excitaba. *Era* un afrodisíaco. Era como una dosis de bomba C. Había sido drogada por los deseos de mis hombres.

—Oh, Dios mío —gemí, frotando mi clítoris en círculos con el semen de Nial.

—Lame tus dedos —dijo.

Me los llevé a la boca y los chupé, y entonces Nial se arrodilló entre mis piernas y me embistió con su polla.

El sabor de la semilla de Nial superaba el sabor de Ander, y el poderoso cuerpo de Nial estaba sobre mí, incluso cuando su enorme polla me separaba. Ander se movió, trepándose a la cama hasta que se arrodilló sobre mi cabeza. Se inclinó hacia delante y se posicionó por encima de mí para abrir más mis rodillas mientras Nial me follaba. Bajé las manos para apretar las sábanas, pero Ander las agarró y las levantó sobre mi cabeza, colocándolas sobre su polla.

—Chupa mis pelotas cuando te folle, compañera. Acaricia mi polla con tus manos y chupa mis pelotas hasta que él haga que te corras.

¡Joder! Era tan jodidamente travieso; era un chico tan, tan malo. Elevé mis caderas, enredé mis tobillos alrededor de las caderas de Nial, gimiendo y rogándole que no dejara de follarme con cada bocanada de aire que tomaba. Acaricié la polla de Ander con mis manos, estrujándola y apretándola, tan en sintonía con él a través del collar que sabía exactamente lo que le gustaba.

Cuando perdí el aliento, volví a respirar, rogándole a Nial que me follara más rápido, que le diese golpecitos a mi clítoris, que me tocara.

A medida que el crescendo iba tornándose más intenso, el circuito de reacciones del collar me llenó de nueva información. La forma en que se sentía la polla de Nial mientras me follaba. La alegría de envolver la polla de Ander con mis manos. Su satisfacción y placer cuando me arqueaba y me hacían gemir, rogándoles que se apuraran, que me hicieran gritar.

Nial se sujetó y deslizó una mano entre nosotros para acariciar mi clítoris, mientras Ander acariciaba y tiraba de mis pechos. Lo chupé y sentí cómo perdía el control; sentí el chorro caliente de su semen cuando el líquido caliente cayó sobre mis pechos. Lo masajeé sobre mi piel; la esencia de unión me hizo gritar mientras me azotaba un orgasmo tras otro.

Nial me folló hasta que no pude más, hasta que estuve adormecida y luego se hincó en lo más profundo de mí y me llenó. Estaba perdida. Estaba arruinada. Estaba sucia y caliente, y era totalmente suya. Me había encantado. Dios, lo había amado todo.

Se acostaron a mi lado, Nial delante de mí y Ander a mi espalda, y entonces nos derrumbamos al lado del otro, agotados y muy satisfechos en la cama. Ambos se giraron hacia mí, con sus manos encima, acariciándome y relajándome, agradeciéndome y haciéndome saber que era especial, preciosa. Que era suya.

Nunca me había sentido tan completa, tan contenta en toda mi vida.

No sabía cuánto tiempo llevaban acariciándome en medio de un tierno silencio, pero cuando sonó un fuerte pitido, salté como un conejillo asustado.

Oí un pitido, luego otro, y entonces la voz de un hombre.

—Mis disculpas, príncipe Nial. Un mensaje urgente ha llegado para usted.

—Habla —dijo Nial en voz alta.

Miré su cara y levanté mi mano para trazar los marcados ángulos de su mejilla y frente. Le acaricié la suave piel plateada que le habían ocasionado sus enemigos y permití que mi mirada y las yemas de mis dedos recorrieran su cuerpo, que recorrieran la sección plateada de su hombro y bajara por su brazo hasta su mano. Cogió mi mano con la suya y se la llevó a los labios, dándome un beso en la palma mientras escuchábamos al mensajero hablar a través del sistema de comunicación. Intenté no avergonzarme cuando me di cuenta de que había gritado bastante fuerte cada vez que me había corrido. Seguro todos los hombres de la Colonia sabían lo que mis hombres me habían estado haciendo hacía unos minutos. ¿Habían estado escuchando fuera de la puerta, aguardando para activar el sistema de mensajes apenas termináramos?

La idea era humillante, pero rechacé aquella emoción. No renunciaría a lo que acaba de pasar por nada. Demonios, si tuviera que permitir que una habitación repleta de extraños nos viese para experimentar ese placer otra vez, lo haría. No había duda.

—Tenemos noticias urgentes, príncipe Nial. Si pudiera venir a la sala de comando cuando sea... conveniente, podemos ponerle al tanto.

—¿Estamos en peligro inmediato? —preguntó Nial y sentí a Ander tensarse a mi lado, su mano en mi cadera se detuvo repentinamente.

—No, príncipe. Si viene a la...

—Dime ahora —ordenó Nial.

—Muy bien —respondió la voz—. Es el Prime. Su padre ha sido asesinado. Su transporte fue atacado por el Enjambre en el frente. No hubo sobrevivientes.

Vi cómo los ojos de Nial se cerraban con fuerza, frunció los labios mientras apretaba la mandíbula. Ander estrujó mi cadera, como para intentar tranquilizarme, pero no tenía miedo. Estaba preocupada por el dolor y el arrepentimiento que podía sentir a través de mi conexión con Nial.

—Gracias por las noticias. ¿Eso es todo? —preguntó Nial.

—No. El Alto Consejo de Prillon ha declarado que habrá un duelo a muerte por el derecho de ascensión.

Ander maldijo y Nial abrió los ojos con una mirada que me hubiese hecho estremecer de miedo si la hubiera dirigido en mi dirección.

—¿Cuándo?

—Mañana al atardecer.

—Por supuesto.

Nial me miró entonces, nuestras miradas se encontraron mientras intentaba decirle con mis ojos que yo era suya, que estaba de su lado sin importar lo que pasara.

—¿Se han levantado las restricciones de transporte que había ordenado mi padre?

—Sí. Podemos transportarlo a su mundo cuando esté listo.

—Estaremos listos en breve.

—Esto, señor, hay otra cosa.

Nial frunció el ceño.

—¿Sí?

—El doctor me ha pedido que le recordara a la princesa sobre su promesa de contactar a la señorita Egara en la Tierra. La noticia de recibir posibles novias se ha extendido y está causando disturbios entre los guerreros.

Me miró, preguntándome algo con sus ojos. Sonreí y asentí. Por supuesto. Cualquier mujer humana que rechazara a un par de bellezas como mis hombres estaría completamente loca.

La sonrisa de Nial me mostró que entendía exactamente por qué había estado de acuerdo con tanta facilidad.

—Por supuesto. La princesa hará su llamada antes de nuestra partida mañana.

—Gracias, señor. Cambio y fuera.

Ander se acurrucó a mi lado y apoyó la cabeza en mi hombro mientras miraba a Nial.

—¿Vas a desafiarlos por el trono?

Nial asintió.

—Sí. Pero no debería tener que hacerlo. Es mío.

Ander resopló y envolvió un brazo alrededor de mi cintura.

—Mátalos a todos, Nial. Sin piedad.

—No tengo nada de piedad.

No entendía todo lo que estaba pasando, pero sabía lo que normalmente significaba un duelo a muerte, y sentí que mis ojos se aguaban con cien emociones que no podía nombrar cuando miraba el rostro de mi compañero. Nunca le diría a Nial que no luchara. Esa no era la manera de ser de un guerrero, pero podía preocuparme. Y podría ofrecerle consuelo cuando regresara conmigo, victorioso. Porque él saldría vencedor. Tenía que serlo.

Tomé su mejilla con mi mano.

—Si tienes que matarlos a todos, hazlo rápido, compañero mío. Entonces vuelve conmigo. Eres mío ahora.

Él sonrió entonces.

—Siempre.

Asentí y contuve mis lágrimas. Ahora les pertenecía a mis compañeros, en cuerpo y alma, pero una vez que dejara de sentirme tan endemoniadamente bien, averiguaría más sobre el padre de Nial, sobre este estúpido duelo a muerte por el trono y encontraría una manera de ayudar a Nial a vencer a sus enemigos. Él era mío y nadie me lo arrebataría.

13

nder

El resplandeciente brillo naranja de las estrellas poniéndose saturaba el cielo mientras Nial y yo nos bajábamos de la plataforma de transporte en Prillon Prime, con nuestra compañera a nuestro lado, y caminábamos hacia la arena del palacio. Había una multitud de gente reunida en las aceras, haciendo fila para entrar a la arena y presenciar el inminente duelo. Muchos nos miraban con terror mientras caminábamos, otros con curiosidad, pero ninguno nos daba la bienvenida. Nial y yo éramos más altos que la mayoría de los hombres en el planeta. Nuestro tamaño, nuestro blindaje y nuestras facciones modificadas eran suficientes para apartar a más de un hombre de nuestro camino.

—Es por aquí.

Nial nos condujo por un vestíbulo y yo lo seguí, manteniendo a nuestra compañera a salvo entre nosotros.

—Es hermoso.

Jessica usaba un largo vestido color rojo oscuro, el color de la casa Deston, de la casa real. El collar que estaba alrededor de su cuello seguiría siendo negro hasta la ceremonia de unión, pero Nial quería que todos supieran exactamente a quién le pertenecía, y yo había estado de acuerdo. Comparada con los chalecos negros y cafés de la mayoría de los guerreros, ella sobresalía como una llamarada en un mar de oscuridad.

Solo había estado en el palacio real una vez, años atrás, cuando me habían hecho mi primera cicatriz, y el propio Prime me había puesto una medalla en el pecho y me había nombrado héroe.

Lo único que había hecho era sobrevivir. Todo mi escuadrón había muerto, pero había vuelto al cuartel con la única nave que llevaba la información del Enjambre. De alguna manera, había mantenido el control de mi nave y había sobrevivido a la explosión. Quedé vivo. Mis hermanos en las armas habían muerto y el líder de nuestro planeta me había calificado de héroe.

Juré no volver nunca más a este lugar. Odiaba todo al respecto: las altas columnas de cuarzo, la charla incesante de cientos de sirvientes y las miradas atónitas y asustadas de los civiles que miraban a un guerrero con armadura y lo miraban con desprecio en los ojos.

Los guerreros eran como filetes de primera, exhibidos en un mercado en la superficie del planeta. Si sobrevivíamos a las guerras, nos consideraban los mejores compañeros, los más fuertes y más peligrosos de nuestra gente. Y tenían razón. Si alguien se burlaba de Jessica, les arrancaría la cabeza y pisotearía sus restos. Esta posesividad era nueva y era puro instinto. Mi compañera me había sorprendido con su lujuria, su aceptación y su deseo de complacer. Ella nos había dado todo, se había sometido completamente, lo que debería haberme hecho sentir como si la hubiera dominado. En cambio, simplemente me sentí humilde por el hecho de que hubiese aceptado mis cicatrices, mis deseos. Todo. Me sentí amado y, por primera vez en mi vida, realmente supe lo que significaba esa palabra.

Yo amaba a Jessica. Y ahora, algo amenazaba con hacer añicos nuestra nueva familia. Me ofrecí a mí mismo como el segundo de Nial por capricho, esperando que él se negara. Esa había sido la mejor decisión que había tomado. Ese momento me llevó hacia Jessica, y no estaba dispuesto a renunciar a ella. Perder a Nial la destruiría. Ella estaba conectada con ambos, pero no había pasado por alto que cuando necesitaba un empujón, cuando necesitaba ser salvaje y estar fuera de control, se volvía hacia mí. Cuando el mundo se hacía demasiado grande para ella y necesitaba sentirse segura, era el cariño de Nial el que buscaba; era Nial en quien confiaba.

Ella nos necesitaba a ambos, y no quería verla sufrir.

Nial atravesó los pasillos traseros y las puertas secretas con facilidad, y agradecí que no tuviéramos que intentar abrirnos paso entre la multitud de espectadores que estaban arriba. Cuando llegamos al borde del piso de la arena, Nial habló con un guardia, quien nos llevaría a Jessica y a mí a un área de descanso designada, y Nial a la arena.

Jessica se arrojó a los brazos de Nial y lo besó con una pasión que hizo que mi polla se endureciera, a pesar de la situación. Ella era como fuego en sus brazos, y claramente lo estaba marcando como suyo.

—Mátalos a todos, y luego vuelve conmigo. No olvides a quién perteneces ahora. Eres mío, mi príncipe.

Nial asintió, pero no dijo nada, y me llevé a Jessica con un guardia de armadura negra a un par de asientos cerca del centro de la arena. Estábamos en la primera fila; un alto muro de piedra separaba a Jessica de las batallas de abajo.

Nos sentamos justo cuando un fuerte estruendo sacudía los asientos y todos se callaron con un extraño silencio, esperando escuchar el anuncio de quién había entrado a la arena.

—Príncipe Nial Deston.

La voz salió desde algún lugar y entonces se desató el pandemónium. La gente aclamaba. La gente abucheaba. Las discusiones comenzaron en los asientos, con todos empujando y apartando a los que estaban a su alrededor tratando de ver mejor al príncipe, al príncipe contaminado y con su ojo plateado.

Jessica tomó mi mano y la sostuve con la otra sobre mi arma, mientras Nial caminaba hacia el centro de la arena, debajo de nosotros. Frente a él, siete grandes guerreros hacían fila, presentándose ante el Alto Consejo de Prillon.

Ante la mención del nombre del príncipe Nial, cuatro de los retadores se volvieron de inmediato y salieron de la arena. Jessica se inclinó hacia delante para ver a uno de ellos desaparecer por un túnel lateral.

—¿A dónde van?

No era un político, pero sabía lo suficiente como para adivinar lo que había sucedido.

—No quieren desafiar si hay un heredero legítimo al trono. Se han rehusado.

—¡Oh, gracias a Dios! Eso solo deja tres.

Parecía tan complacida que no discutí. Tres o siete, eso no sería ninguna diferencia, no para Nial.

Mientras observaba a Nial dar un paso adelante, se inclinó ante el sumo consejo y apostó su derecho al trono.

—Soy el príncipe Nial Deston, hijo del Prime Deston, legítimo heredero del trono de Prillon.

Uno de los ancianos se inclinó sobre la corta pared que los separaba de la arena frente a nosotros y agitó su dedo en dirección a Nial.

—Has sido desheredado, Nial. Todo el mundo sabe que estás contaminado y no eres apto ni para tener una novia ni para la corona.

Nial irguió su cabeza y yo me puse de pie, levantando a Jessica a mi lado. Nial levantó la mano y señaló en nuestra dirección.

—Tengo el placer de presentaros a mi novia y mi segundo, Jessica Smith de la Tierra y Ander, el legendario guerrero de la nave *Deston*.

Se hizo un silencio lo suficientemente cortante como para atravesar cualquier superficie entre la multitud reunida, mientras intentaban entender las palabras de Nial. Ningún guerrero contaminado había regresado a Prillon, y mucho menos con una novia y un segundo. Era insólito.

Dos de los retadores hicieron una reverencia ante Jessica y salieron de la arena, desistiendo igualmente en su intento de ocupar el trono, dejando solo a un guerrero frente a Nial.

El miembro del Consejo que había hablado por primera vez se dirigió nuevamente hacia Nial.

—Como el único retador, nombramos Prime al comandante Vertock, Nial Deston. ¿Qué te dice eso?

El nombre de Nial no era más que una burla.

—Libraré un desafío entre guerreros, tal como es mi derecho. Desafío al Prime Vertock a un duelo a muerte por el trono de Prillon Prime.

Nial se volvió para enfrentar a su oponente y toda la multitud se acomodó en sus asientos, ansiosos por ver la pelea. Todos menos Jessica.

Se mantuvo erguida, un símbolo de la legitimidad de Nial, con sus hombros derechos y la orgullosa inclinación de su mentón desafiando a cualquiera que se atreviese a cuestionar el valor de su compañero. Sentí su miedo, su preocupación, pero nadie que la mirara lo descubriría. Si no la hubiera amado antes, me hubiera enamorado de ella en este momento.

A regañadientes, aparté la mirada de mi bella compañera para escanear a la multitud y estar atento al peligro. No podía darme la libertad de mirar la pelea de Nial. Eso tendría que ganarlo él por su propia cuenta para resolver las condiciones del duelo. Mi papel era mantener a Jessica a salvo en este mar de peligro potencial.

Solo uno de los guerreros que ahora se rondaban en círculos podría sobrevivir, y Jessica necesitaba que fuera Nial.

Una suave campana sonó y el oponente atacó a Nial, tratando de derribarlo. Nial se hizo a un lado con facilidad, envolvió sus brazos alrededor del cuello del hombre al pasar y dio un giro brutal y despiadado.

El sonido de huesos quebrándose rompió el silencio en la arena.

Eso fue todo, tal como lo esperaba. No era una pelea. No era un *duelo*. Era solo la muerte, y había llegado con un simple giro de las manos de Nial. No había oponente para él, ni igual en la multitud. Tal vez yo podría ser un verdadero oponente para poner a prueba su fuerza, pero no quería desafiarlo.

La multitud estalló en fuertes gritos de júbilo o negación, dependiendo de a quienes habían apoyado para la victoria. Cuando reinó el silencio una vez más, Nial dejó caer al oponente, muerto, en el suelo y levantó los brazos por encima de su cabeza.

—¿No hay otro que desee morir hoy?

Cuando nadie dio un paso adelante, la multitud se acomodó de inmediato, pero los miembros del Alto Consejo se pusieron de pie; siete viejas criaturas encorvadas con el ceño fruncido. Su orador tenía las manos en las caderas y miró a Nial.

—No puedes ser nuestro Prime, incluso después de esa victoria. Estás contaminado.

Nial dio un paso adelante.

—¿Qué significa eso exactamente? —Señaló su rostro—. Tengo las marcas de un guerrero. Los implantes del Enjambre son signos obvios de que luché contra el enemigo y sobreviví. Me he presentado ante ti, *contaminado*, como tú lo llamas, y derroté al único retador en toda esta arena. Lo derroté con un movimiento de mi muñeca, y ¿te atreves a llamarme indigno? ¿Te atreves a desafiarme, consejero? Porque si es así, acepto.

El anciano olvidó su discurso, pero en sus ojos centelleaba odio.

—No eres digno, Nial.

—¿Porque soy un veterano?

Sabía que Nial usaba la palabra terrícola intencionalmente y sentí cómo el pecho de Jessica se hinchaba de orgullo.

—¿Porque protegí a la gente de Prillon como un guerrero y ahora lo haré como su líder?

Nial levantó las manos y se volvió para dirigirse a la multitud.

—¿Parezco débil o contaminado, gente de Prillon? Conozco al enemigo. Sobreviví al enemigo. Sobreviví en mi batalla contra el Enjambre. Ahora vivo con la experiencia y el conocimiento para proteger este planeta. Para llevarlo a la victoria final.

El anciano escupió, sin ninguna réplica, y se volvió a sentar en su silla mientras la multitud aplaudía. Pudo haber algunos que no estuvieron de acuerdo, pero la multitud estaba satisfecha con Nial, satisfecha con su prueba de fortaleza y liderazgo. Y con su bella novia de la Tierra. Los guerreros que se habían ganado el derecho de reclamar una novia eran bien considerados. Los que tenían la suerte de ser aceptados por su compañera elegida y ser juzgados como dignos por ella, aún más. Y Jessica, con su orgullosa postura y sus ojos fijos en nadie más que su compañero, dejó muy claro que no solo aceptaba a Nial como su compañero, sino que también se preocupaba por él.

Jessica soltó mi mano y, antes de que pudiera detenerla, estaba corriendo por las escaleras y por la puerta inferior hacia el suelo de la arena. Salté sobre el bajo muro de piedra para aterrizar en la suave arena y la seguí, asegurándome de que nadie se atreviera a hacerle daño. Nial la protegería y yo también.

Corrió, su vestido se movía como una llamarada líquida detrás de ella, y se arrojó a los brazos de Nial mientras la multitud vitoreaba. Lo vi todo con una sonrisa en mi rostro. Esta era mi compañera, esta era mi familia, y estaban a salvo para vivir otro día más.

Y ni siquiera tuve que matar a nadie para hacer que siguiera siendo así.

Pensé que todo estaba bien, hasta que dos hombres arrastraron el cadáver y Nial se quedó solo en el centro de la arena; entonces comenzó el coro de voces.

—¡Reclamación! ¡Reclamación! ¡Reclamación!

La multitud no se iba y la devoción de Jessica por Nial se volvió en nuestra contra mientras se aferraba a él para que todos lo vieran.

Hacía doscientos años, cuando el primer gobernante Deston desafió por el trono y ganó, él y su segundo habían follado a su reina en el piso de la arena, reclamándola para que todos la vieran.

La tradición exigía que Nial y yo reclamáramos a Jessica aquí y ahora, frente a todo el mundo, para que aquellos que no estaban sentados en el lugar lo vieran desde su casa o en las pantallas que estaban a bordo de sus naves, ya que el duelo se había transmitido en vivo en todo el planeta y para todos los batallones conocidos en el espacio.

Nial acababa de matar a un hombre frente a miles de millones de personas. Y ahora su gente quería ver el gran final.

14

Me abalancé en los brazos de Nial y él me levantó del suelo para darme un beso. Podía oír cómo el público vitoreaba al ver aquello. Sentí toda su adrenalina, todo su poder fluyendo por medio de los collares y del beso.

Cuando me posó sobre el suelo, acarició mi cabello y luego mi rostro.

—¿Temiste por mí, compañera?

Sacudí la cabeza y miré sus ojos; uno dorado, uno plateado.

—Jamás.

—Buena chica —respondió.

Sentí a Ander a mis espaldas, mis hombres estaban rodeándome. No me preocupé por la multitud, pues sabía que los dos me defenderían de cualquiera de ellos. Estaba a salvo. Nial estaba a salvo. Pero no era todo...

Unión. Unión. Unión. El cántico se oía por todos lados, y había una mirada que conocía bien en los ojos de Nial. Lujuria. Amor. Deseo. Todo estaba allí.

—Debéis tomarme —dije.

No era una pregunta.

Ander echó mi cabello hacia atrás y bajó su cabeza para besar mi cuello, y luego mi collar, mientras Nial hablaba.

—Estamos conectados por medio de los collares, pero la conexión no está completa. Debemos follarte. Juntos.

Vi la necesidad en el rostro de Nial, la sentí por medio del collar, pero también percibí la seriedad detrás de esta condición.

—¿Justo ahora?

—Sí, compañera. Justo ahora, en esta arena. Frente a todo el mundo.

Demonios. Me volví, viendo todos los rostros de la multitud. No estaban observándonos con alegría ni malicia, sino con una seriedad que hizo que mis rodillas fallasen.

—¿Por qué?

Ander habló desde mis espaldas.

—En una ceremonia de unión normal, el compañero principal elige a sus hermanos más cercanos para que sean testigos del acto y juren lealtad y protección a su novia.

Me mordí el labio, recordando las voces que había oído durante la simulación en el centro de procesamiento. Las voces masculinas que me rodeaban y su coro de *que los dioses sean testigos y os protejan*.

Nial alzó su mano para tocar mi mejilla, mirándome a los ojos cuando quise huir.

—Ahora soy el Prime. El rey de este mundo. Todo el planeta honra y respeta a nuestra familia por encima de todas las demás. Todos desean tener el honor de ser testigos de tu reclamación, desean hacer el juramento de servir y protegerte.

—Oh, Dios.

Me apoyé en su mano, y traté de recordar cómo respirar. Esto no era solo follar por placer. Era un acto sagrado, un vínculo que me unía a Nial y Ander de forma permanente, frente a mil millones de testigos.

Esto era lo que significaba ser la reina de Prillon. Recordé la idea que tenía de ser una princesa; vestidos elegantes, tacones, bailes de salón con un príncipe apuesto y perfecto. Esto no era nada como esa fantasía. Esto éramos mis compañeros y yo, follando en el suelo como animales frente a todo el planeta.

Imaginé el rostro de las personas mientras nos veían follando; imaginé cómo correrían directo a casa para aliviar sus propias necesidades. Imaginé cómo las mujeres cerraban sus ojos con placer mientras oían mis gritos, y los hombres, los guerreros en el público, admirando mi cuerpo y mis pechos, envidiando a mis compañeros mientras me colmaban. Imaginarlo hizo que mi pulso se disparara y que mi coño se humedeciera.

Quizás sí debía ser la reina de Prillon, después de todo.

Cuando Nial y Ander me reclamaran, cuando mi collar fuera de color rojo para combinar con el suyo, color rojo real, nadie tendría ninguna duda de que éramos la familia real, de que Nial era mío, de que Ander era mío. Y yo les pertenecía.

Eso solo sucedería cuando me follaran al mismo tiempo. Una ola de placer recorrió mi cuerpo al imaginarlos tomándome de aquella manera.

—Le gusta la idea —murmuró Ander contra mi cuello.

—Jessica, esto es una reclamación en público. Debemos hacerlo aquí, frente a todos. No habrá privacidad, pues soy su nuevo líder y mi ceremonia de unión no debe ser cuestionada. Todos los ciudadanos de Prillon tienen derecho a ser testigos, pues Ander y tú seréis sus gobernantes, una parte de mí, y ellos deben saber y confiar en que somos merecedores de esto. Dignos para dirigir el planeta.

Las palabras de Nial eran muy claras. Quería que supiera lo que su gente, *nuestra gente*, quería.

—No es una ley —añadió Ander, moviendo su lengua en mi cuello, sobre mi piel palpitante—. Nial puede rehusarse si no deseas hacer esto.

—¿Pero? —dije, sabiendo que habría algo.

—Pero la gente pensará que es blando, débil; demasiado débil para dominar a su novia.

Sacudí mi cabeza. Lo que estos hombres habían hecho por mí hacía que quisiera darles todo a cambio. Yo era el vínculo que los conectaba. Yo era el vínculo que los hacía fuertes. Lo que *nos* hacía fuertes. Si tenía que follarlos frente a toda una audiencia —una audiencia muy, muy numerosa— no importaba. No haría que Nial se viese más débil como líder al negárselo.

Dejaría que me vieran. Dejaría que me envidiaran. Me estaba entregando a Nial y a Ander. A nadie más. Estaba orgullosa de mis hombres. Orgullosa de mostrarle a toda la gente de Prillon que era yo a quien ellos querían, que era yo a quien deseaban, quien hacía endurecer sus pollas. Ser suya era mi privilegio y estaba dispuesta a probárselo a toda la galaxia.

—Comprendo. Haré lo que desees —respondí.

Ander me dio la vuelta, de modo que ambos estuvieron frente a mí. Miré a mis hombres. Uno era oscuro, uno claro. Uno era un líder poderoso y el otro, un comandante poderoso. Me rendiría ante los dos porque mi cuerpo lo necesitaba. Mi mente lo necesitaba.

Yo era suya. Lo sabía. Era tiempo de que ellos también lo supieran.

—¿Estás segura, compañera?

Les obsequié una sonrisa, dejé que mi aceptación fluyese por mi cuerpo para que pudiesen percibir, por medio de los collares, mi felicidad y paz con la decisión que había tomado.

—¿Cuándo me folléis, estaremos unidos por siempre?

Nial asintió.

—Tu collar se volverá rojo y nuestra unión será permanente.

—¿Queréis esto? ¿Queréis follarme juntos? ¿Ahora? ¿Frente a todos?

—Por los dioses, sí.

El cuerpo de Ander casi se sacudió mientras bajaba su mentón para observarme. Posé mi mirada sobre Nial.

—No tengo dudas sobre nuestra unión, ¿tú sí?

—Nunca —juró Nial—. Esto es para la gente de Prillon, y tú debes ser su reina.

Sentí cómo su deseo fluía y los cogí de la mano. Eran cálidos y fuertes. Poderosos.

—No tendrás el control —dijo Ander—. Debes someterte a nosotros.

Sentí cómo mis pezones se endurecían al oír sus palabras.

Nial tomó mi mentón.

—Aunque eres una guerrera implacable, debes mostrar que nos has elegido, que piensas que te merecemos. Demostrarás nuestra valía cuando te sometas voluntariamente a tus compañeros.

Ander sonrió.

—Dudo que eso sea difícil para ti.

Negué con la cabeza lentamente al pensar en eso.

—No, me gusta rendirme ante vosotros. Me gusta que vosotros mandéis, que estéis a cargo... en la cama.

Gemí mientras el calor de su deseo fluía en mí por medio de los collares. Realmente no era justo. Ellos solo tenían que lidiar con mis emociones, con mi deseo. Yo estaba sobrecargada con las necesidades y deseos de dos guerreros poderosos.

—No hay cama aquí, Jessica, pero seremos tus amos.

Nial se quitó su camisa blindada, descubriendo su enorme pecho y hombros para la multitud y para mí; y la multitud rugió al darse cuenta de lo que sucedería a continuación.

—Dilo, Jessica.

—Sois mis amos.

—Así es —respondió Nial.

Sus manos se posaron en la parte frontal de mi vestido y lo rasgó con la fuerza de un guerrero. La tela transparente se destrozó y cayó a mis pies.

Las aclamaciones eran ensordecedoras, una explosión de sonido que golpeaba mi pecho como un puñetazo. Ahora estaba desnuda en una arena llena de gente. Me paralicé, pues no estaba segura de si debía cubrirme, volverme o desfilar como un pavo real. ¿Qué debía hacer ahora?

—Mírame —ordenó Ander, y casi suspiré, aliviada.

Acomodé mi cabeza para mirarlo, para ver la expresión seria y amorosa que había en sus ojos.

—Escucharás nuestras voces, sentirás nuestros deseos por medio del collar, harás lo que digamos y recibirás placer. No importa más nada. ¿Entiendes, compañera?

—Sí, amo.

Nial se quitó del camino, pero no dejé de mirar a Ander.

—¿Qué te haremos ahora? —preguntó.

Me relamí los labios.

—Nial va a follar mi coño mientras tú follas mi culo.

Nadie en la arena podía oír nuestras palabras, pero me sonrojé de todos modos, pues sus palabras sucias hacían que cerrara mis piernas con expectativa.

Ander se acercó a mí y colocó sus enormes manos sobre mis hombros.

—Así es. Estarás en medio de nosotros, compañera. Conectándonos. Haciendo que seamos uno. Aunque sientas que te estamos controlando, quiero que sepas que eres la que tiene todo el poder verdadero.

—¿Poder?

¿De qué estaba hablando? No tenía ningún poder.

—Nial y yo solo somos hombres sin ti. Guerreros, claro, pero nada más. Tú eres lo que nos hace una familia. Eres quien nos dará hijos. Eres la que nos hace fuerte.

—Pero me someto —repliqué.

—Por voluntad propia. Tu sumisión es un regalo y lo atesoramos.

Ander miró por encima de mi hombro a algo que estaba tras de mí.

—Es hora.

Antes de que pudiese responder, me tomó en brazos y me llevó no muy lejos, en donde Nial estaba esperando.

Los nudillos de Nial acariciaron mi mejilla.

—Jessica, solo tienes que decirlo y haremos esto en privado.

Pensé en las palabras de Ander. Yo tenía el poder. Nial acababa de demostrarlo. Yo tenía la última palabra. Podía decirle que tenía miedo o que me sentía avergonzada, y me llevarían a otro sitio sin más preguntas. Lucharían contra los disidentes para hacerme feliz. Harían cualquier cosa por mí.

Así que haría esto por ellos. Ni siquiera era una decisión, pues, aunque la gente podía ver mi cuerpo desnudo, solo Nial y Ander podían ver mi interior; solo ellos podían conocer mis pensamientos, mis miedos y mis deseos. Dejé que mi amor por mis compañeros me inundase, igual que mi deseo de complacerlos, de hacerlos sentir orgullosos, de honrarlos frente a su gente. Miré a Nial a los ojos mientras hablaba con voz tranquila y pausada.

—Puedes sentir la verdad por medio de mi collar. Deja que hable en mi lugar. Decidme, amos, ¿qué está diciendo?

Sentí cómo el destello de orgullo, de triunfo y de deseo abrasador venía hacia mí por medio de la conexión.

Las manos de Nial subieron por mi cintura.

—Está diciendo que es hora de unirte a tus compañeros. Por siempre.

—Para siempre —repetí.

—Para siempre —juró Ander.

En cuestión de minutos, después del duelo, habían traído una silla a la arena. Enterrada en la arena había una silla, un trono. No era dorada ni elegante, pero sabía que era el puesto de su líder. Tenía un respaldar alto, reposabrazos y un asiento acolchado, pero aparte de aquello, no tenía más adornos. Era una silla de guerreros, no un trono áureo adornado con joyas u oro.

Nial caminó hacia el trono y se sentó, el líder de su gente reclamaba su legítimo lugar, y la multitud vitoreó con aprobación. Dobló un dedo y yo reaccioné, caminando hacia él con la cabeza en alto y mis hombros derechos. No traté de ocultar mi cuerpo. No sentía vergüenza. Jamás me había sentido más hermosa que ahora, mientras las ovaciones continuaban, mientras la gente insistía, ansiosa por ver cómo mis compañeros me follaban. Mi sexo deseaba lo que vendría a continuación, y sentí la impaciencia de los hombres, también. La polla de Nial estaba lista, esperándome. Enredando una de sus manos en mi cintura, me atrajo hacia él para ponerme de pie entre sus rodillas separadas.

—¿Estás lista para ser mía?

Nuestros ojos estaban a la misma altura y vi calidez en ellos, amor. Necesidad.

—¿Por qué no lo descubres? —pregunté con descaro.

Nial sonrió mientras posaba su mano en medio de mi pecho, deslizándola hacia abajo para sentir mi sexo, moviendo sus dedos sobre los hinchados pliegues, sobre la piel húmeda.

Ander se movió a mis espaldas y extendió sus manos para coger mis pechos.

—Está empapando mi mano —dijo Nial.

Mis ojos se cerraron mientras me tocaban con delicadeza, acariciándome. Podía oír a la multitud, pero su fervor se desvaneció, convirtiéndose en ruido blanco. —Estaban allí, pero no merecían que reparase en ellos.

—Solo somos nosotros tres, Jessica. Nadie más importa —dijo Nial, introduciendo un dedo en mi húmeda y tibia cueva.

—Sí —respondí, más por su dedo invasor que por lo que acababa de decir.

—Te follaremos aquí, para que todos nos vean; nos uniremos por siempre —dijo Ander, tirando de mis pezones—. Entonces te llevaremos a otro sitio, te ataremos y te follaremos otra vez.

—Y otra vez —añadió Nial—. Esta es solo la primera vez de las muchas que te reclamaremos hoy.

El dedo se Nial salió de mi sexo y me sentí vacía. Un gemido se escapó de mis labios y abrí los ojos para observar cómo Nial abría sus pantalones y sacaba su polla. Vi la gota perlada de semen en la punta de su pene y me incliné para tocarla con mi lengua.

La multitud rugió nuevamente, mucho más fuerte que antes, y triunfé porque pude sentir la sorpresa y deseo de Nial por medio del collar. Ander me ayudó a reincorporarme y miré a Nial a los ojos. Gritó al hacerme la siguiente pregunta, lo suficientemente fuerte para que todos pudiesen oírla.

—¿Aceptas pertenecerme, compañera? ¿Te entregas a mí y a mi segundo voluntariamente, o deseas elegir a otro compañero principal?

Unos murmullos en voz baja nos rodeaban y sentí una leve brizna de tensión en mis hombros mientras aguardaban mi respuesta. Levanté la voz para que todos me oyesen.

—Me siento orgullosa de aceptarte como mi compañero, Nial. Me siento orgullosa de aceptar a Ander como mi segundo.

La voz de Nial se hizo mucho más fuerte.

—Te reclamamos y obtienes un nuevo nombre. Eres mía y mataré a cualquier otro guerrero que se atreva a tocarte.

La multitud comenzó a vitorear y Nial se inclinó para que pudiese oírla por encima de todo el barullo.

—Ponte a horcajadas y tómame. Tú pones el ritmo, compañera.

Mientras estuvieran a cargo, esta posición me señalaba como dominante. Era yo quien tenía el control, porque ellos me lo permitían. Me sentí mareada de poder con mi habilidad de hacer que mis compañeros estuvieran sedientos por mí, deseosos por mí. Los quería fuera de control, tan abrumados por la lujuria que ya no pudiesen permitirme que los atormentara más. Los quería desesperados y ásperos.

Poniendo una rodilla a cada lado de las caderas de Nial, me coloqué sobre sus muslos. Mientras se sujetaba su hinchada polla, fui moviéndome hacia abajo hasta que su cabeza hizo contacto con mi abertura. Nuestros ojos se encontraron, conectándose entre sí.

Eso era todo. Yo dictaba cuándo, qué tan rápido y qué tan profundo. Quería hacer que se moviese sin control y que gimiese. Quería darle todo de mí, así que me inserté en él con una embestida larga y suave.

Mi cabeza cayó hacia atrás y gemí cuando su polla me ensanchó; la sensación de estar llena solo era el inicio de lo que sabía que venía. Las manos of Nial agarraron mis caderas y me mantuvieron inmóvil, con su polla enterrada en lo más profundo de mí. Estaba completamente dentro, su polla era tan grande que sentía como si ya me hubiera reclamado. Moviendo sus caderas, Nial se deslizó en la silla y yo quedé ligeramente inclinada sobre él, con mi trasero sobresaliendo.

Ander estaba allí, esperando. Su mano buscó mi trasero y lo

acarició mientras se inclinaba hacia adelante, colocando su otra mano en el reposabrazos de la silla.

—Vas a sentir mis dedos en ese pequeño y apretado culo —dijo Ander.

Lo hice y me sobresalté, pero quería esto. Recordé cómo se sintió cuando Nial me folló con el tapón en mi culo. La sensación había sido tan intensa que anhelaba sentirla de nuevo. Pero esta vez sabía que sería aún más potente. La polla de Ander era enorme, dura y cálida. Quería su cuerpo firme contra mi espalda, sus brazos alrededor de mí jugando con mis pechos mientras ambos me follaban. Quería que Nial penetrara mi sexo con esa expresión de éxtasis en su rostro; que pudiese explorar su fuerte pecho, y besar sus labios. Quería sentir su lengua en mi garganta mientras me follaban, mientras me hacían retorcerme, gritar y correrme tantas veces que olvidara mi propio nombre. Gemí, sintiéndome en la ruina.

—Shh —canturreó Ander—. Hay lubricante en mis dedos. Siente lo resbalosos que están. Voy a ponerlo en ti, alrededor de ti, y luego en mi polla para poder entrar bien.

Mientras hablaba, comenzó a empujar y dilatar mi agujero, tomándose su tiempo para introducir un dedo dentro de mí. Mantuve mis ojos sobre Nial mientras Ander hacía lo suyo. De alguna manera, Nial se quedó quieto, contento con solo sentir su polla llenándome. Podía sentir su ansia por follarme, por penetrar y embestirme hasta tocar fondo, pero iba a esperar para que pudieran tomarme juntos.

Contuve el aliento cuando el dedo de Ander entró en mi entrada trasera. Fue entonces cuando comenzó a llenar mi interior de lubricante. No sabía cuánto tiempo estaba tomando con eso, pero era generoso y su dedo podía deslizarse fácilmente y sin incomodidad. Apreté mis músculos internos alrededor de la polla de Nial y moví mis caderas, listas para recibir a Ander. Lo quería dentro de mí. Necesitaba a mis dos compañeros. Necesitaba sentirme tomada, poseída, reclamada. Quería que todos en este maldito planeta supieran que estos dos hombres eran míos. Yo los poseía.

Yo era la única mujer en el universo que podía darles un placer semejante.

Mía.

Quizás fueron los collares los que le permitieron a Ander conocer mi reacción ante sus caricias, ya que me cuidó perfectamente. De repente, se salió de mi interior y miré por encima de mi hombro para verlo sacar su polla de sus pantalones y cubrirla con el lubricante. Estaba rojiza e hinchada; palpitante y ansiosa, brillante y resbaladiza.

Nial me agarró de la barbilla y me giró para mirarlo de nuevo.

—Una vez que Ander esté dentro de ese culo virgen, te follaremos.

Mis ojos se abrieron como platos cuando sentí la polla de Ander tanteando mi entrada trasera, y luego cuando empujó hacia adelante. Cerré los ojos mientras las sucias palabras de Ander llegaban a mis oídos, excitándome.

—Respira, Jessica. Piensa en lo bien que se va a sentir. ¿Puedes sentir el deseo de Nial por ti? Se está conteniendo. Tu coño está tan caliente y apretado que le está haciendo daño. Eres tan perfecta para nosotros, que solo estar en ese coño caliente hace que se corra —dijo Ander mientras empujaba más—. Te deseo tanto, mi polla está deseando entrar en ti. Relájate, respira, siente nuestra necesidad.

Suspiré y me concentré en el poder del collar, en la conexión que compartía con mis compañeros. Dejé que su placer me envolviese. Suspiré ante la dicha y, de repente, Ander empujó el anillo apretado y entró.

Gritando, abrí los ojos y miré a Nial.

—Eso es. Qué buena chica. Estás tan apretada.

Ahora era el turno de Nial de tranquilizarme, pues al parecer Ander estaba tan abrumado por la sensación de estar llenando lentamente mi culo con su gruesa polla que no podía hablar.

Arqueando mi espalda, permití que fuese más adentro. No sentí dolor, solo la increíble sensación de ser colmada. No sé si los dos tendrían espacio dentro, pero quería más. Necesitaba que estuvieran en mi interior. Vi las manos de Ander, con los nudillos pálidos, apoyadas en los brazos de la silla. Los usaba como su ancla; hacía fuerza sobre ellos mientras me penetraba con más profundidad. Al tener las manos de Nial en mis caderas, encontré que no pude moverme, pues estaba atrapada entre los dos.

Su piel irradiaba calor; su olor almizcleño, su aroma a sexo, giraba en un remolino a nuestro alrededor.

Sentí los muslos de Ander contra mi trasero y supe que me había penetrado por completo.

—Ahora eres mía, Jessica Smith —susurró Nial contra mis labios.

Me alzó y me atravesó con su miembro mientras Ander se echaba hacia atrás y me embestía hasta el fondo.

Entonces comenzaron a follarme, dentro y fuera, alternando sus movimientos. No podía hacer nada más que aguantar, tocando los tensos hombros de Nial con mis manos.

No estaba haciendo nada, solo dejaba que me follaran, que tomaran mis agujeros de la manera que desearan. De la manera en que sabían que yo lo necesitaba.

No era suficiente. Quería mi fantasía. Lo quería tener todo.

Extendí mis manos por detrás de mi espalda para encontrar las manos de Ander. Cuando tomé sus muñecas, las levanté para que cogiera mis pechos; mis intenciones eran claras. Se rio, pero me dio lo que quería.

A continuación, enredé mis manos en el cabello de Nial y atraje su cabeza hacia la mía, reclamando su boca en un beso. Me contuve, moviendo su lengua hacia adelante, pidiéndole sin palabras que me besara como si estuviera follando mi boca.

Cuando no podía moverme más, cuando no podía respirar, cuando cada parte de mi cuerpo se sentía totalmente poseída, reclamada, adorada por mis compañeros, solo en ese momento me dejé llevar, confiando en que me darían lo que necesitaba. Confiando en ellos para que me cuidaran.

No me lastimaron, pero no fueron amables. No fue doloroso, pero fue intenso. No había sido dulce ni tierno, sino sexo sudoroso, caliente y húmedo.

Y me encantó. Estaba a punto de correrme y nada iba a impedirlo. Me puse rígida, mis músculos internos se apretaron alrededor de los miembros de mis compañeros, haciendo que sonidos guturales saliesen de sus gargantas.

—Amos, yo... no puedo...

—Córrete, compañera. Córrete con fuerza y deja que todos sepan que nos perteneces.

Me había olvidado de la multitud, pero las palabras de Nial solo me llevaron al borde del precipicio. Grité de placer mientras apretaba sus pollas. Todos me estaban viendo, corriéndome. Podían ver lo bien que me complacían mis hombres. Mis compañeros me hacían sentir amada, apreciada y segura en sus brazos. Me habían hecho añicos y luego me habían hecho sentir completa.

Dejé que mi cabeza cayera sobre mis hombros; una gran sonrisa estaba plasmada en mi rostro cuando apreté los músculos internos de mi cadera tan fuerte como pude. El collar alrededor de mi cuello había zumbado, y luego se había sentido caliente. Me pregunté si habría cambiado de color, si la próxima vez que lo mirara sería rojo, al igual que los de mis compañeros. Eran míos para siempre y me habían complacido. Estaba orgullosa de que todo el planeta fuera testigo de eso.

El calor palpitaba en mi cuello; cada vez más caliente mientras sentía como Ander me embestía con fuerza y me llenaba con su semilla, colmando mi abertura trasera con su esencia. Nial gruñó y lo sentí hinchándose dentro de mi coño. Apretando mis caderas con fuerza, lo sentí correrse; disparando su semen dentro de mi cuerpo. Me sentía llena, rebosante con su marca de propiedad, con su reclamación. Había sido tomada por completo.

Podía sentir sus orgasmos a través del collar; sentía su placer y eso me hizo correrme otra vez. El collar se sentía tan cálido contra mi cuello, que la intensidad de los sentimientos que me embargaban provocó que se formaran lágrimas en mis ojos, pues las emociones eran demasiado grandes como para que mi cuerpo humano las pudiese contener.

Cerrando los ojos, me desplomé en sus brazos. Las respiraciones profundas de los hombres eran la única cosa que podía escuchar. Sus pollas dentro de mí, su semen caliente y los hombros de Nial; eso era todo lo que podía sentir. El aroma de nuestros actos carnales era todo lo que podía oler.

Lentamente, abrí los ojos y vi la sonrisa arrogante de Nial; luego, más abajo, el color rojo de su cuello. Llevé mi mano hacia mi collar y supe que el mío tenía el mismo color.

—Quiero quedarme justo aquí —murmuró Ander, besando mi cuello—. En el fondo de tu culo.

Mi sexo se contrajo con placer y Ander rio.

—Nuestro vínculo me dice que quieres eso, también. Qué chica tan traviesa y caliente...

Eché mi cabeza hacia atrás para mirar a Ander. Estaba complacido y relajado... Satisfecho.

—¿Quieres quedarte dentro de mí, compañero?

Apreté mis músculos y él siseó.

—Por todos los dioses, sí. Pero puesto que sería sumamente difícil caminar estando dentro de ti, quizás podamos separarnos por algo de tiempo para ir a un sitio más privado.

—Las recámaras del Prime. Nuestras recámaras —dijo Nial.

Ander salió de mi interior cuidadosamente y Nial me bajó de su regazo, poniéndome en pie. Con las piernas temblorosas, me posicioné junto a Ander mientras la multitud vitoreaba. Nial alzó su mano y todos se callaron inmediatamente, mirándolo.

—Yo soy Nial Deston, vuestro Prime. Este es mi segundo, Ander, y nuestra compañera, Lady Jessica.

La multitud se puso en pie y hablaron al unísono.

—Que los dioses sean testigos y os protejan.

La bendición hizo que un escalofrío recorriese mi columna vertebral, pues cada par de ojos que vi en la multitud era oscuro y lucía serio. Llevé mi mano hacia mi garganta, impaciente por ver, con mis propios ojos, que nuestros collares tenían el mismo tono rojizo. El semen de mis compañeros se escurría por mis muslos, pero me mantuve erguida. Una reina. Sabía que no me habría sentido tan poderosa, tan invencible sin mis compañeros a mi lado. Los *sentía*. Su felicidad, su satisfacción, su amor.

Mis ojos se encendieron al notar esto último y pasé mi mirada de uno al otro.

—¿Me amáis?

—Sí, compañera. Te amo —dijo Ander.

—Amar es una palabra patética para describir lo que siento.

Nial hizo una reverencia ante el público, reconociendo su bendición mientras yo buscaba algo que decir.

—Pero...

—Los collares no mienten, compañera, y nosotros tampoco —dijo Nial.

Sentí la veracidad en sus palabras; la vi en sus ojos, la sentí en la mano que sostenía la mía, y en nuestro vínculo nuevo.

Ander me tomó en brazos, como si no pesara nada, y me sacó de la arena mientras Nial nos alcanzaba. La vieja yo, mi yo de la Tierra, sabía que debía sentirme avergonzada de que todos en el planeta me hubiesen visto teniendo sexo con mis compañeros; pero ¿qué pensaba la nueva yo, la mujer fuerte rodeada por los dos guerreros que la amaban? No le importaba un bledo.

Dejaría que nos vieran. Dejaría que vieran lo excitantes, ardientes y enormes que eran mis compañeros. Dejaría que oyesen mis gritos y envidiasen mi placer.

Apoyé mi cabeza en el pecho de Ander y dejé que mi amor los alcanzase por medio de mi collar. Mañana me preocuparía sobre lo que implicaba ser reina. Exploraría mi nuevo mundo y aprendería a servir y honrar a esta orgullosa gente guerrera. En estos momentos, solo quería hundirme en mi felicidad. Jamás me había sentido tan contenta, tan alegre en toda mi vida.

—Gracias.

Nial me miró desde su posición, pero fue Ander quien habló.

—¿Por qué? Si es por haberte follado, créeme, el placer ha sido todo nuestro.

Sonreí, mientras las lágrimas se acumulaban en mis ojos. Casi me había perdido todo esto. Mi vida habría sido totalmente diferente sin ellos.

—Por haber ido a la Tierra. Por haberme salvado. Por haberme llevado con vosotros y por ser míos.

—Somos tuyos, Jessica. Y te lo demostraremos por el resto del día.

Nial movió su mano para limpiar las lágrimas de mi mejilla.

—Una... y otra... y otra... y otra vez.

Ander hubiese continuado, pero llevé uno de mis dedos a sus labios para hacerlo callar. Solo podía imaginar lo que mis hombres tenían en mente, pero lo único que podía hacer era sentir el delicioso deseo de rendirme ante ellos, de ser cualquier cosa que quisieran que fuese. Solo había una cosa que decir.

—Sí.

Los aplausos y aclamaciones de la gente de Prillon se desvanecieron mientras mis dos compañeros me llevaban con ellos, ansiosos por comenzar nuestra nueva vida juntos.

¡Continúa leyendo de la siguiente aventura de Novias Interestelares - Domada por la bestia!

Cuando Tiffani es emparejada con un guerrero Atlán que habían dado por perdido debido a la fiebre de apareamiento, toma la decisión de no detenerse ante nada para tratar de salvarlo, incluso llegando a colarse en una prisión de Atlán para seducir a su bestia...

Harta del callejón sin salida en el que se ha convertido su vida, Tiffani Wilson se dirige al centro de procesamiento de Novias Interestelares más cercano para comenzar desde cero. Le han prometido que tendrá un compañero increíble, un guerrero atlán que no solo disfrutará de su voluptuoso cuerpo, sino que también sanará su solitario corazón.

El comandante Deek de Atlán ha perdido el control de su bestia interna, y permanece en una prisión atlán esperando ser ejecutado. Por desgracia, no hay nada que se pueda hacer para salvar a un hombre sin pareja.

Cuando el transporte de Tiffani con destino a Atlán es denegado debido a la condición inestable de su compañero, ella no se detendrá ante nada para salvarlo y obtener la vida que se le ha prometido. Su compañero está allí, en algún lugar; corre peligro, y sabe que es la única en el universo que puede salvarlo.

Deek y su bestia interior le echan un vistazo al cuerpo terso y exuberante de Tiffani, y saben que harán cualquier cosa por poseerla, incluso si eso significa llevarla hasta el límite de su sensualidad o ponerla sobre su rodilla. Pero no es solamente el inestable control de Deek sobre su bestia lo que se interpone en el camino de su felicidad, pues la caída en espiral de Deek en lo profundo de su fiebre de apareamiento no ha sido ningún accidente, y sus enemigos no se darán por vencidos, así como así.

¡Continúa leyendo de la siguiente aventura de Novias Interestelares - Domada por la bestia!

ESPAÑOL – LIBROS DE GRACE GOODWIN

Programa de Novias Interestelares®

Dominada por sus compañeros

Pareja asignada

Reclamada por sus parejas

Unida a los guerreros

Unida a la bestia

Tomada por sus compañeros

Domada por la bestia

Unida a los Viken

El bebé secreto de su compañera

Fiebre de apareamiento

Sus compañeros de Viken

Programa de Novias Interestelares® : La Colonia

Rendida ante los Ciborgs

Unida a los Ciborgs

Seducción Ciborg

¡Más libros próximamente!

INGLÉS – LIBROS DE GRACE GOODWIN

Interstellar Brides® Program

Assigned a Mate

Mated to the Warriors

Claimed by Her Mates

Taken by Her Mates

Mated to the Beast

Mastered by Her Mates

Tamed by the Beast

Mated to the Vikens

Her Mate's Secret Baby

Mating Fever

Her Viken Mates

Fighting For Their Mate

Her Rogue Mates

Claimed By The Vikens

The Commanders' Mate

Matched and Mated

Hunted

Viken Command

The Rebel and the Rogue

Interstellar Brides® Program: The Colony

Surrender to the Cyborgs

Mated to the Cyborgs

Cyborg Seduction

Her Cyborg Beast

Cyborg Fever

Rogue Cyborg

Cyborg's Secret Baby

Her Cyborg Warriors

Interstellar Brides® Program: The Virgins

The Alien's Mate

His Virgin Mate

Claiming His Virgin

His Virgin Bride

His Virgin Princess

Interstellar Brides® Program: Ascension Saga

Ascension Saga, book 1

Ascension Saga, book 2

Ascension Saga, book 3

Trinity: Ascension Saga - Volume 1

Ascension Saga, book 4

Ascension Saga, book 5

Ascension Saga, book 6

Faith: Ascension Saga - Volume 2

Ascension Saga, book 7

Ascension Saga, book 8

Ascension Saga, book 9

Destiny: Ascension Saga - Volume 3

Other Books

Their Conquered Bride

Wild Wolf Claiming: A Howl's Romance

BOLETÍN DE NOTICIAS EN ESPAÑOL

FORMA PARTE DE MI LISTA DE ENVÍO PARA SER DE LOS PRIMEROS EN SABER SOBRE NUEVAS ENTREGAS, LIBROS GRATUITOS, PRECIOS ESPECIALES, Y OTROS REGALOS DE NUESTROS AUTORES.

http://ksapublishers.com/s/c5

CONÉCTATE CON GRACE

*P*uedes mantenerte en contacto con Grace Goodwin a través de su sitio web, su página de Facebook, Twitter, y en Goodreads, por medio de los siguientes enlaces:

Newsletter:
http://bit.ly/GraceGoodwin

Sitio web:
https://gracegoodwin.com

Facebook:
https://www.facebook.com/profile.php?id=100011365683986

Twitter:
https://twitter.com/luvgracegoodwin

Goodreads:
https://www.goodreads.com/author/show/15037285.Grace_Goodwin

SOBRE GRACE GOODWIN

Grace Goodwin es una escritora reconocida por USA Today por sus libros de superventa internacional de ciencia ficción y romance paranormal. Los títulos de Grace están disponibles en todo el mundo en varios idiomas, en formato de libro electrónico, impreso, audiolibro y apps. Dos mejores amigas, una en quien predomina el lado izquierdo del cerebro y otra donde lo hace el lado derecho, forman el galardonado dúo de escritoras que es Grace Goodwin. Ambas son madres, entusiastas de los juegos de escape, ávidas lectoras e intrépidas defensoras de sus bebidas preferidas (puede o no haber una guerra continua de té y café durante sus comunicaciones diarias). Grace ama saber sobre sus lectores.

www.ingramcontent.com/pod-product-compliance
Lightning Source LLC
LaVergne TN
LVHW011823060526
838200LV00053B/3880